U0500147

夕颜

日本短歌400

北京联合出版公司
Beijing United Publishing Co.,Ltd.

［日］小野小町 和泉式部等 ——— 著   陈黎 张芬龄 ———译

雅众文化　出品

译者序

  我们在 2018 年 5 月和 10 月先后完成了日本俳句双璧《这世界如露水般短暂：小林一茶俳句 300》与《但愿呼我的名为旅人：松尾芭蕉俳句 300》的翻译，不知是顺自然之势而行，或者大出自己意料之外，我们居然又接着动手做这本《夕颜：日本短歌 400》。说意外是因为古往今来日本短歌名家辈出，过去多年我们虽略译或深爱过一些短歌"大咖"之作，譬如小野小町、紫式部、和泉式部、西行法师、与谢野晶子（我们选译、出版过她短歌集《乱发》）等，但有更多歌人是我们一直无缘一窥其妙或登堂入室的。此次或因对于联结"汉字文化圈"里中、日两大诗歌源泉的热情与渴望仍在，居然连续三个多月，夜以继日地进行

这本日本短歌名作集的编选、翻译和注释工作，得以在今年开春后顺利（也辛苦地）杀青成集。陈黎曾经和已故好友上田哲二博士，颇孤寂地合力选译九十年前在台湾的日本人所写的短歌，以及八十年前生活在陈黎家乡花莲的日本人所写的短歌、俳句，结集为《台湾四季：日据时期台湾短歌选》（2008）与《紫潮：日据时期花莲短歌、俳句选》（2012）二书——连同近一年来笔耕而成的此三本日本古典短歌与俳句选，可算是写诗、译诗多年的陈黎献给所敬爱的诗神的"东方土产"。

"短歌"（tanka）是近一千两百年来日本最盛行的诗歌形式，由5—7—5—7—7，三十一音节构成，是和歌的一种。传统上用以表达温柔、渴望、忧郁等题材，每每是男女恋爱传达情意之媒介。日本最古老的诗歌选集《万叶集》（约759年）收录了4500首歌作，其中有百分之九十采用短歌的形式；第二古老的诗选《古今和歌集》（完成于905年）里的1100首诗作中，只有9首不是短歌。自醍醐天皇下令编纂《古今和歌集》，至十五世纪后花园天皇下令编辑而成的《新续古今和歌集》（1439年），共编有二十一本敕撰（天皇敕命编选）和歌集，短歌因此在日本文学史上占有十分崇高的地位。

这二十一本敕撰和歌集——简称"二十一代

集"——由"八代集"和"十三代集"组成。"八代集"包括前述《古今和歌集》《后撰和歌集》（约951年）、《拾遗和歌集》（约1007年）、《后拾遗和歌集》（1086年）、《金叶和歌集》（1127年）、《词花和歌集》（约1151年）、《千载和歌集》（1188年）、《新古今和歌集》（1205年）；"十三代集"包括《新敕撰和歌集》（1235年）、《续后撰和歌集》（1251年）、《续古今和歌集》（1265年）、《续拾遗和歌集》（1278年）、《新后撰和歌集》（1303年）、《玉叶和歌集》（1312年）、《续千载和歌集》（1320年）、《续后拾遗和歌集》（1326年）、《风雅和歌集》（约1349年）、《新千载和歌集》（1359年）、《新拾遗和歌集》（1364年）、《新后拾遗和歌集》（1384年），以及前述的《新续古今和歌集》。其中前三本——《古今和歌集》《后撰和歌集》《拾遗和歌集》——又合称为"三代集"。

《万叶集》里除了短歌外，另有长歌（chōka，5—7—5—7…5—7—7）、旋头歌（sedoka，5—7—7—5—7—7）、佛足石歌（bussokusekika，5—7—5—7—7—7），以及短连歌（tan-renga，5—7—5 / 7—7）等歌体。《万叶集》全书中"短连歌"只有后面这一首，由5—7—5"长句"和7—7"短句"两句构成，作者是一女尼与大伴家持：

佐保川の / 水をせき上げて / 植ゑし田を（尼）
刈る早稲は / ひとりなるべし（大伴家持）

引佐保川

之水啊，来

种田——

新米做成饭，

只够一人餐

　　把女尼所作的此"短连歌"前半（5—7—5、十七音节）单独取出，刚好就是后世一首俳句的样子。

　　《万叶集》编纂者大伴家持的父亲、大宰帅大伴旅人，730年元月在其宰帅邸举行了一场"梅花宴"，与会者每人咏歌一首，后收录于《万叶集》第五卷"杂歌"中，有题"梅花歌三十二首并序"，本书选译了其中山上忆良与大伴旅人所写的两首。今年4月1日，日本政府发布日本新年号为"令和"，出处恰为此组"梅花歌"之序文，真是美和、巧合！

　　这本《夕颜：日本短歌400》，顾名思义，自然是以"短歌"为翻译、收录的对象，但我们也选译了几首长歌与旋头歌供大家参照。说是"400"，其实全书所录和歌达四百二十多首——除了标出号码的四百一十三首外，我们还附译了多首短歌，以更充分

呈现相关歌人歌风。比诸古往今来众多歌人积累的庞大数量歌作，我们这本小书自然只是沧海一粟。但盼这一粟可以不俗，可以以小映大、情趣独具地引读者一探日本短歌诸般幽妙况味。

这四百多首短歌写作时间跨越一千多年。从《万叶集》中的天智天皇（626—672）到编辑《古今和歌集》的纪贯之（约872—945）的年代，这两三百年间我们选了天智天皇、额田王、大津皇子、大伯皇女、柿本人麻吕、山部赤人、山上忆良、大伴旅人、高桥虫麻吕、大伴坂上郎女、笠女郎、大伴家持、僧正遍昭、小野小町、在原业平、纪贯之、伊势等十七位歌人，以及《万叶集》与《古今和歌集》里无名氏作者群的作品。从纪贯之到编辑《新古今和歌集》的藤原定家（1162—1241）这三百年间，我们选了斋宫女御、赤染卫门、紫式部、和泉式部、小式部内侍、西行法师、寂莲法师、式子内亲王、藤原定家等九位歌人。从藤原定家到江户时代后期的良宽（1758—1831）这六百年间，篇幅之故，我们没有选录任何歌作——这中间恰好是一个俳句逐渐比和歌热闹的阶段。良宽以后到斋藤茂吉（1882—1953）、石川啄木（1886—1912），就是让我们耳目重又一新的日本近现代短歌革新运动风姿各异的多位健将了——这百余年间，我们选了良宽、大隈言道、橘曙览、正冈子规、与谢野晶子、山川登美子、斋藤

茂吉、前田夕暮、若山牧水、石川啄木等十位歌人。

从七世纪的天智天皇到二十世纪的石川啄木，这三十六位有"名"的作者就是我们尝试提名的最新"古今三十六歌仙"——十四位女歌仙，加上二十二位男歌仙。

夕颜是与朝颜（牵牛花）、昼颜接力打卡露脸，在俳句诗人芭蕉眼中亮着梦幻般白色的绽放一夜之花；夕颜也是夕暮之颜，当晚霞满天，当白日的疲劳、忧愁即将被诗、被夜歌、被爱兑换成满天星光……

夕颜也许是（有情人间）一夕之言。夕颜也可能是一生一世，生生世世之言。爱的言叶。日本或本日、本月，一年 365 天日日可读、可喜的美的简讯 / 短歌。

陈黎、张芬龄

2019 年 4 月　台湾花莲

目 录

天智天皇（1首）

　　天智天皇（Tenji Tenno，626—672），即中大兄皇子，是日本第三十八代天皇，于公元668—672年间在位，为舒明天皇之子。自皇太子时代即实际掌权，推行"大化革新"。日本最早的和歌总集《万叶集》中收其长歌1首、短歌3首。此处所译之短歌是其为皇子时所作，同时将日与月纳入一首短歌中，声调铿锵，意象华美，颇有王者之风。

落日为海上

绚丽如旗的长云

镶金条——

今宵，月光当

清又明！

☆渡津海の豊旗雲に入日さし今夜の月夜清明
くこそ

额田王（4首）

额田王（Nukata no Okimi，7世纪），又称额田姬王、额田女王，为日本飞鸟时代（约592—710）的皇族，《万叶集》初期最著名的女歌人，《万叶集》收其长歌3首、短歌10首。她是出身伊贺的才女，十岁便入宫为采女，美丽娴淑，多才多艺。她先与大海人皇子相爱，生下十市皇女。后被大海人之兄中大兄皇子（即天智天皇）纳为妃。天智天皇死后，复归于"壬申之乱"后成为天武天皇的大海人皇子。

2   乘船熟田津，

　　　张帆待

　　　月出——

　　　啊，潮水满涨，

　　　摇桨出发吧……

☆熟田津に船乗りせむと月待てば潮もかなひ
ぬ今は漕ぎ出でな

译者说：此诗为公元 661 年春正月，齐明天皇
御船西征，在熟田津等候潮满出发时，随行的
额田王所作之歌。这是一首为祭祀神灵、鼓舞
全军而咏之歌。

3   三轮山啊，怎被

　　　云的毛巾遮掩了？

　　　但愿云有情，

　　　毛巾擦亮

　　　你容颜……

☆三輪山をしかも隠すか雲だにも心あらなむ
隠さふべしや

译者说：三轮山，在奈良盆地东南方，古称神山，
有甚多传说。

4

4   你走在紫草园里，

走在天皇的

狩猎场上——不怕

守吏看见吗，对着我

振动你的衣袖？

☆あかねさす紫野行き標野行き野守は見ずや
君が袖振る

译者说：此诗有题"天皇游猎蒲生野时，额田
王作歌"，是公元 668 年 5 月 5 日，额田王随
天智天皇游猎于近江蒲生野之御猎场时所作之
歌。当时大海人皇子等诸王、群臣都受召齐来
出猎。诗中的"你"即指额田王的旧爱大海人
皇子。大海人闻后答以底下之短歌——

你比紫草还美艳，

妹啊你让我心生

妒恨，

已为他人妻

更让我思恋！

☆紫草のにほへる妹を憎くあらば人妻ゆゑに
われ恋ひめやも（大海人皇子）

5   我等候，我

渴望你：

我的门帘

掀动——啊，

是秋风……

☆君待つとわが恋ひをればわが屋戸のすだれ
動かし秋の風吹

译者说：此诗有题"额田王思近江天皇（即天
智天皇）作歌"。额田王之姊镜王女闻后作了
底下这首歌——

你还有风恋你，

令人羡，

我等候风来

而风不来——

如何不哀叹！

☆風をだに恋ふるは羨し風をだに来むとし待
たば何か嘆かむ（鏡王女）

大津皇子（3首）

大津皇子（Otsu no Oji，663—686），天武天皇第三子，大伯皇女之同母弟（母为天智天皇之女大田皇女），娶天智天皇之女山边皇女为妻。他文武兼长，尤以汉诗闻名，见于奈良时代汉诗集《怀风藻》，被视为日本汉诗之祖。公元683年为太政大臣，天武天皇死后，继位未成，以谋反之罪被逮捕赐死，年仅二十四岁，其妻哀痛欲绝，亦殉死。《万叶集》中收其短歌4首。

6   山中久立

候妹至——

山中露水

滴滴

湿我衣……

☆あしひきの山のしづくに妹待つと我が立ち
濡れぬ山のしづくに

译者说：此诗为赠石川郎女之歌。石川郎女答
以底下之歌——

候我于山中，

露沾君衣袖——

啊，愿化作那

滴滴露水

湿濡君身……

☆我を待つと君が濡れけむ足引の山のしづく
にならましものを（石川郎女）

7　无经线或纬线

　　帮忙定形，

　　少女们织就的山中

　　红叶华锦上——

　　寒霜啊，切莫降下

　　☆経もなく緯も定めず娘子らが織る黄葉に霜
　　な降りそね

8　磐余池间

　　群鸭鸣，

　　今日见后——

　　云中消隐，我身

　　绝尘寰……

　　☆ももづたふ磐余の池に鳴く鴨を今日のみ見
　　てや雲隠りなむ

译者说：此诗传为大津皇子辞世之作，公元
686年赐死自尽前，于磐余池畔流泪所作。磐
余在今奈良县，大津皇子即死于磐余王府内，
据说自杀前绕池再三，抚膺大哭。他另有一首
以汉诗写成的"五言临终一绝"："金乌临西舍，
鼓声催短命。泉路无宾主，此夕谁家向？"

大伯皇女（4首）

大伯皇女（Oku no Hime Miko，661—702），又称大来皇女，是天武天皇的皇女，大津皇子的同母姊。她十五岁出仕伊势神宫，担任"斋王"（驻宫负责斋祭、侍神的未婚皇女）。《万叶集》中收其短歌6首，都与其弟大津皇子有关，充分流露真挚的手足之情。

9　目送阿弟

回大和，

终宵伫立——

晓露沾襟

如泪渍……

☆わが背子を大和へ遣るとさ夜深けて暁露に吾が立ち濡れし

10　二人同行

尚且行路难，

如何你啊

只身

越秋山……

☆二人行けど行き過ぎ難き秋山をいかにか君が独り越ゆらむ

译者说：以上此二诗有题"大津皇子窃下于伊势神宫上来时，大伯皇女"，是大津皇子有感局势于己不利，前往伊势神宫向其姊倾诉心事，临别时大伯皇女送别胞弟之作——既为其弟命运担心，又忧秋山旅途崎岖——言简情浓，感人至深。

11   我身犹在

浮世——

明日起，见

二上山

如见我弟

☆うつそみの人にあるわれや明日よりは二上
山を弟とわが見む

12   马醉木花开

岩岸上，

欲折数枝

娱君目——恨无人

说君在世

☆磯の上に生ふる馬醉木を手折らめど見すべ
き君が在りと言はなくに

译者说：以上此二诗有题"移葬大津皇子尸于
葛城二上山之时，大来皇女哀伤御作歌二首"，
是大伯皇女于其弟移葬二上山时所咏之作。幽
冥相隔，睹物思人，催人眼泪。第二首有注
谓——"今案不似移葬之歌。盖疑从伊势神
宫还京之时，路上见花，感伤哀咽作此歌乎。"
马醉木，又称梫木，开白色小花。

柿本人麻吕（18首）

　　柿本人麻吕（Kakinomoto no Hitomaro， 约660—约710），或作柿本人麿，生平不详。日本飞鸟时代活跃于持统天皇、文武天皇两朝（690—707）的宫廷歌人，《万叶集》里最重要的歌人之一，也是"三十六歌仙"之一。他擅写长歌，构思雄伟，亦擅写短歌，也写过5—7—7—5—7—7三十八音节的旋头歌。《万叶集》里收其长歌约20首、短歌约70首，另有三百多首出自《柿本朝臣人麻吕歌集》，其中一些被认为可能是柿本人麻吕所作。作为御用歌人，他奉命写了颇多赞颂和纪念宫廷活动之作。除了这些"公家的歌"，他还写了许多更加重要、动人，充满抒情风格的"私人的歌"。他的挽歌、恋歌、叙景歌等抒情短歌，具体彰显了他的艺术成就。十世纪的纪贯之在《古今和歌集》序文中将柿本人麻吕与山边赤人并称为"歌圣"。

13　石见国高角山，

　　树林间，企足

　　频将衣袖挥，

　　不知阿妹

　　看见了没?

　　☆石見のや高角山の木の間より我が振る袖を妹見つらむか

　　译者说：石见国在今岛根县西部。高角山，今岛根县岛星山。古时送行，每振袖惜别。日文原诗中的"妹"（译为"阿妹"），是对情人或妻子之称。

14　小竹的叶子

　　在山中发出沙沙的

　　鸣响，但我

　　心中泛起的，是

　　别后对阿妹的思念……

　　☆小竹の葉はみ山もさやにさやげども我は妹思ふ別れ来ぬれば

15　秋山
　　黄叶落，啊
　　且莫胡乱飞，
　　我要看清楚我
　　阿妹住处

　　☆秋山に落つる黄葉しましくはな散り乱ひそ妹があたり見む

16　淡路野岛岬角，
　　海风吹
　　我衣：阿妹
　　帮我打结的系带
　　在风中飘啊飘

　　☆淡路の野島の崎の浜風に妹が結びし紐吹き返す

　　译者说：恋人们离别时每互为彼此衣服的系带打结，作为誓约，直至再见面时方将之解开。

17　饲饭海面
何其安静平坦，
啊，你看——
破浪纷纷来，
渔人们的钓船

☆飼飯の海の庭良くあらし刈薦の乱れて出づ
見ゆ海人の釣船

译者说："饲饭海面"指淡路岛西岸之海。

18　琵琶湖畔
伴随琵音般的
夕波鸣唱的千鸟啊，
你们的歌声
掀动我思古幽情……

☆淡海の海夕波千鳥汝が鳴けば心もしのにい
にしへ思ほゆ

译者说：日文原诗中"淡海の海"，即"近江
の海"，为琵琶湖古称。近江大津为天智天皇
建都之地，毁于"壬申之乱"。此诗为柿本人
麻吕夕暮时分在近江凭吊故都之作。千鸟，中
文名为"鸻"之鸟，嘴短而直，只有前趾，没
有后趾，多群居海滨。

19　古昔亦有人

　　如我乎——

　　想念阿妹，

　　终夜

　　不能寐?

　　☆古にありけむ人も我がごとか妹に恋ひつつ
　　寝ねかてずけむ

20　非独今人

　　为爱苦——

　　古昔之人

　　为爱

　　哭更甚!

　　☆今のみのわざにはあらず古の人そまさりて
　　音にさへ泣きし

新屋作新壁，

请君帮忙

割壁草，

少女如柔草，

顺君情意

娇伏倒

☆新室の壁草刈りにいましたまはね草のごと
寄り合ふ処女は君がまにまに

译者说：此首与下一首短歌选自《万叶集》第
十一卷"旋头歌"，标有"《柿本朝臣人麻吕之
歌集》出"。旋头歌为 5—7—7—5—7—7，
共三十八音节之和歌。此诗看似祝婚歌，也像
是招女婿或求夫婿之歌。

22   泊瀬神圣的

　　　　櫸树下，密藏着

　　　　我的娇妻，

　　　　今夜月光皎亮

　　　　啊，怕有人

　　　　看到她！

　　　　☆泊瀬の斎槻が下に我が隠せる妻あかねさし
　　　　照れる月夜に人見てむかも

　　　　译者说：泊瀬，即今奈良县樱井市初瀬。

23   像山鸟长长长长的尾巴

　　　　这长长的秋夜

　　　　我一人

　　　　独

　　　　眠

　　　　☆あしひきの山鳥の尾のしだり尾の長々し夜
　　　　をひとりかも寝む

　　　　译者说：此诗收于《万叶集》第十一卷"寄物
　　　　陈思歌"中，作者不详，后被选入十一世纪初
　　　　第三本敕撰和歌集《拾遗和歌集》以及藤原定
　　　　家所编《小仓百人一首》中，标示为柿本人麻
　　　　吕作品，因而广为人知。

24   无法辨识出

同样冷白的

梅花——

雪花

漫天飘降……

☆梅の花それとも見えず久方の天霧る雪のなべて降れれば

译者说：此诗收于914年左右编成的第一本敕撰和歌集《古今和歌集》第六卷"冬歌"中，后又被选入《拾遗和歌集》，标示为柿本人麻吕之作。

25   秋山黄叶

茂密，阿妹

迷失其间，

我不识山路，如何

再与妹相逢？

☆秋山の黄葉を茂み惑ひぬる妹を求めむ山道知らずも

译者说：此首短歌有题"柿本朝臣人麻吕，妻死之后，泣血哀恸作歌"，为柿本人麻吕悼亡妻之作。后面4首亦是。

26　黄叶落时，见

　　使者前来

　　啊，让我想起

　　昔日在此相会

　　——阿妹与我

　　☆黄葉の散りゆくなへに玉づさの使を見れば
　　逢ひし日思ほゆ

27　去年所见

　　秋月，今夜

　　依旧皎然——

　　与我共看之阿妹

　　如今岁月永隔

　　☆去年見てし秋の月夜は照らせども相見し妹
　　はいや年離る

28　引手山上

　　掘穴安置吾

　　阿妹,

　　山路行复行

　　恍如无魂身

　　☆衾道を引手の山に妹を置きて山道を行けば
　　生けりともなし

29　我回到家中

　　走进房间,

　　看到在我们床上

　　斜向一边

　　——阿妹的木枕

　　☆家に来て我が屋を見れば玉床の外に向きけ
　　り妹が木枕

30   以鸭山的石

　　为我枕，长睡

　　不再起——

　　阿妹岂知哉

　　仍在苦等待……

☆鴨山の岩根し枕けるわれをかも知らにと妹
が待ちつつある

译者说：此诗有题"柿本朝臣人麻吕在石见国
临死时，自伤作歌一首"，为柿本人麻吕辞世
之作。《万叶集》第三卷此诗之后，收有两首
短歌，题为"柿本朝臣人麻吕死时，妻依罗娘
子作歌二首"；依罗娘子应为柿本人麻吕妻子
之一，或前妻死后所娶之妻。

山部赤人（12首）

　　山部赤人（Yamabe no Akahito，7—8世纪），日本奈良时代（710—784）初期之歌人，与柿本人麻吕并称"歌圣"，也是"三十六歌仙"之一。生平不详，其写作年代可考之歌皆成于圣武天皇时代，自724至736年间。可能于736年去世。《万叶集》收录其长歌13首、短歌37首。平安时代中期编订的《三十六人集》（歌仙家集）中亦有一卷《赤人集》。他应担任过下级官吏，曾随天皇出行。擅写短歌，特别是叙景歌，人称自然歌人，以凝练、客观之态度歌咏自然，绝少感伤，具有一种孤高而清新的抒情美。

31   来到田子浦，

　　岸边远眺

　　富士山——

　　峰顶白雪

　　纷纷飘……

☆田子の浦ゆうち出でて見れば眞白にそ富士
の高嶺に雪は降りける

译者说：此为《万叶集》第三卷"杂歌"中之诗，
后被收入《小仓百人一首》，广为流传。在一
首短歌里让山／水同框，(小)诗中有(大)画，
诚属不易。田子浦，指骏河国（今静冈县）海岸。

32   噢，明日香川，

　　一如在你的

　　河面上悬浮

　　不散的雾——我的

　　爱意难消……

☆明日香河川淀さらず立つ霧の思ひ過ぐべき
恋にあらなくに

译者说：明日香川，亦称飞鸟川，流经今奈良
县明日香一地之河川。此诗写诗人对飞鸟时代
故都的恋意。

33 潮退时

快为我刈翠藻，

家中妻子如果

向我索海滨特产，

要用什么交代?

☆潮干なば玉藻刈りつめ家の妹が浜づと乞はば何を示さむ

34 雎鸠所栖的

海岸，生长着

名告藻，我要告诉你

我的名字，

即使你爸妈知道

☆みさご居る磯廻に生ふる名告藻の名はのらしてよ親は知るとも

译者说：名告藻，又称名乗藻，即马尾藻。

35　海中小岛岩岸

　　美丽的海藻

　　逐渐被满涨的

　　潮水隐没，

　　让人思念……

　　☆沖つ島荒磯の玉藻潮干満ちい隠りゆかば思
　　ほえむかも

36　潮满和歌浦

　　浅滩尽淹没，

　　群鹤飞鸣——

　　疾疾向

　　芦苇丛边

　　☆若の浦に潮満ち来れば潟を無み葦辺をさし
　　て鶴鳴き渡る

　　译者说：日文原诗中之"若の浦"（若浦），即
　　和歌浦，位于今和歌川口西岸，乃和歌山市旧
　　和歌浦。

37   啊，愿像须磨海女

采藻烧盐时所穿

之衣，亲密

贴你身，

无一日将君忘

☆須磨の海女の塩焼き衣の慣れなばか一日も
君を忘れて思はむ

38   春野

采摘紫罗兰，

美景有情，诱人

流连，我回报其以

一夜寝

☆春の野にすみれ摘みにと来し我そ野をなつ
かしみ一夜寝にける

39 山樱花啊，你

　　一日又一日

　　接连着开，

　　非要掏尽我

　　全部的爱？

　　☆あしひきの山桜花日並べてかく咲きたらば
　　いと恋ひめやも

40 欲邀我的阿哥

　　赏梅花，

　　可叹雪花

　　也来闹，纷纷

　　抢白难分清

　　☆我が背子に見せむと思ひし梅の花それとも
　　見えず雪の降れれば

　　译者说：此处日文原诗中之"背子"意为恋人
　　或阿哥。

41　明日采春菜，

　　野地上

　　范围都已标定，

　　偏偏昨日今日

　　雪降不停……

　　☆明日よりは春菜摘まむと標めし野に昨日も
　　今日も雪は降りつつ

42　宫中的朝臣们

　　还有余暇料理

　　政务吗，从早到晚

　　忙着以朵朵樱花

　　插发、饰发

　　☆ももしきの大宮人はいとまあれや桜かざし
　　て今日も暮らしつ

　　译者说：此首被收入《新古今和歌集》里的短
　　歌甚为曼妙——一方面赞花之迷人，一方面歌
　　颂眼前太平盛世，君主垂手而治，朝臣们的双
　　手只负责爱美、惜美。

山上忆良（10首）

　　山上忆良（Yamanoue no Okura，660—733），奈良时代初期之歌人。文武天皇大宝二年（702）6月，随遣唐使船赴唐，任少录，10月左右入长安，在中国生活两年，习汉学，影响其思想与作品甚深。704年7月，随遣唐使粟田真人回国，其后十年经历不明。714年晋升为从五位下，716年任伯耆守，721年任首皇子（后之圣武天皇）侍讲，726年任筑前守，成为大宰帅大伴旅人幕僚，在九州岛约六年。他是《万叶集》重要歌人之一，作品关注社会、人生，是《万叶集》歌人中受儒教思想影响最深者。《万叶集》收录其长歌、短歌、旋头歌共约八十首，代表作包括《贫穷问答歌》《思子歌》《老身重病歌》等。圣武天皇天平五年（733）以七十四岁之龄去世。

43　啊，诸君，

　　我们早日回日本吧！

　　大伴御津岸边

　　青松，等着

　　我们的归帆呢

　　☆いざ子ども早く日本へ大伴の御津の浜松待ち恋ひぬらむ

　　译者说：此诗有题"山上臣忆良在大唐时，忆本乡作歌"，是山上忆良 702 年随遣唐使来中国期间思乡之作。

44　忆良一行等

　　今将自席间告退——

　　幼子正哭泣，

　　与彼母

　　在家中待吾归……

　　☆憶良らは今は罷らむ子泣くらむそれその母も我を待つらむぞ

　　译者说：此诗有题"山上忆良臣罢宴歌"。为其任筑前守时，728 年左右在大宰府宴席中所咏之歌，代表其下属等辞别主人。此时山上忆良已近七十岁，以幼子哭、妻在家等候等非真实情景为由告退，殆为本诗趣味所在。

45　　银哉，金哉，玉哉，

于我何有哉？

宝贝，宝贝，宝贝，

有什么比

儿女更宝贝！

☆銀も金も玉も何せむにまされる宝子にしかめやも

译者说：此诗有题"思子歌"，前有一长歌如下——

46　　食瓜

思我子，

食栗

更挂牵，

啊，究从

何来，

频频入我

眼帘，

夺我安眠

☆瓜食めば／子ども思ほゆ／栗食めば／まして偲はゆ／いづくより／来りしものぞ／眼交に／もとなかかりて／安寐し寝なさぬ

47   深知人间世

充满忧与耻，

恨无鸟双翼，

如何冲天

一飞而去？

☆世の中を憂しと恥しと思へども飛び立ちかねつ鳥にしあらねば

译者说：此诗有题"贫穷问答歌并短歌"，为山上忆良代表作，前有一长歌，此为所附短歌。

48   苦痛无术解决，

亟思逃家而去，

何物挡我

去路——儿女们

是我难跨之门！

☆術も無く苦しくあれば出で走り去ななと思へど児等に障りぬ

译者说：此诗有题"老身重病，经年辛苦，及思儿等歌七首"，此首与下一首为其六首短歌中之第二、三首。

49　富贵人家子弟

衣服多到

没身体穿，朽腐

弃路旁，

尽是绢与绵！

☆富人の家の子どもの着る身なみ腐し捨つらむ絹綿らはも

译者说：此诗颇有杜甫"朱门酒肉臭，路有冻死骨"之味。

50　他尚年幼，

可能不谙去路，

请收下我的礼物，

黄泉的使者——

求你背着他走吧！

☆若ければ道行き知らじ賄はせむ黄泉の使負ひて通らせ

译者说：此诗有题"恋男子名古日歌三首"，有长歌一首、短歌两首，此为其短歌之一。"古日"为长歌中所述，被其父母悉心呵护但不幸夭折之小孩名。山上忆良此首短歌为拟作之祈亡儿安魂歌，贿赂黄泉使者助亡儿黄泉路上，一路平顺。颇为感人。

51 堂堂男子汉

岂能虚度此生，

未留显赫功，

未传万代名——

何可瞑目？

☆士やも空しかるべき万代に語り継ぐべき名
は立てずして

译者说：此诗有题"山上臣忆良沉疴之时歌"，
应为天平五年（733年）之作。山上忆良病重，
藤原朝臣八束，使河边朝臣东人，问所疾之状。
山上忆良回报后，拭涕悲叹，口吟此歌。殆为
其辞世之歌！

52

我家

庭中梅花，春光中

最先绽放——怎能一人

独赏，悠悠

度此春日？

☆春さればまづ咲く宿の梅の花独り見つつや
春日暮らさむ

译者说：此诗收于《万叶集》第五卷"杂歌"，
有题"梅花歌三十二首并序"，为天平二年
（730）春，众人在大宰帅大伴旅人邸宅宴会中
吟咏的歌作之一。此组"梅花歌"之序以汉文
写成——"天平二年正月十三日，萃于帅老之
宅，申宴会也。于时，初春令月，气淑风和。
梅披镜前之粉，兰薰珮后之香。加以曙岭移云，
松挂罗而倾盖，夕岫结雾，鸟封縠（薄雾）而
迷林。庭舞新蝶，空归故雁。于是盖天坐地，
促膝飞觞。忘言一室之里，开衿烟霞之外。淡
然自放，快然自足。若非翰苑，何以摅（述）情。
诗纪落梅之篇，古今夫何异矣。宜赋园梅，聊
成短咏。"此序作者不明，但一般认为是山上
忆良之作。2019年4月1日，日本政府发布新
年号为"令和"，于5月1日皇太子德仁继位
天皇之日零时启用。"令""和"两字，正出
自此序文"初春令月，气淑风和"之句。宴
会主人大伴旅人，当日自然也有歌同欢，附译
如下——

梅花纷纷

散落我家庭园，

好似雪花

从远方天际

飘降……

☆我が園に梅の花散る久方の天より雪の流れ
来るかも（大伴旅人）

大伴旅人（10首）

　　大伴旅人（Otomo no Tabito，665—731），奈良时代初期之歌人、政治家。曾任大将军，以大宰帅身份至九州岛大宰府赴任，与山上忆良等形成了所谓的"筑紫歌坛"，被任命为大纳言而回京。他是《万叶集》编纂者大伴家持的父亲，《万叶集》女歌人大伴坂上郎女的异母兄长。擅长和歌，亦能作汉诗，《万叶集》收录其和歌作品七十余首，其中由十三首短歌组成的《赞酒歌》是其名作，媲美"竹林七贤"之一刘伶的《酒德颂》，晚年丧妻后所作之悼亡诗亦甚感人。

大宰帅大伴卿赞酒歌十三首（选五）

53　古代竹林有七贤，

一二三四五六七，

同框举杯醵争推：

世间所爱酒第一！

☆古の七の賢しき人たちも欲りせし物は酒に
しあるらし

54　夸夸而言

若有物，

不若饮酒

趁醉哭

☆賢しみと物言はむよは酒飲みて酔哭するし
勝りたるらし

55　　生为人庸碌，

　　　　宁愿当酒壶，

　　　　壶中天地宽，

　　　　常染酒芬芳

　　　　☆中々に人とあらずは酒壷になりにてしかも
　　　酒に染みなむ

56　　夜光宝珠

　　　　七彩辉，

　　　　岂敌一饮

　　　　千忧飞？

　　　　☆夜光る玉といふとも酒飲みて心を遣るに豈
　　　しかめやも

57   今世狂欢

　　乐逍遥，

　　不惧来世

　　为虫鸟

☆この世にし楽しくあらば来む世には虫に鳥
にも我はなりなむ

译者说：饮酒为佛教五戒之一，违者来世堕畜
生道。以上，大伴旅人《赞酒歌》5首。

58   往昔我臂

　　缠我爱妻做她

　　鸳鸯枕，

　　如今臂枕空展，

　　无人共缠绵

☆愛しき人の纏きてし敷栲の我が手枕を纏く
人あらめや

译者说：此诗与下一首皆为大伴旅人思念亡妻
之作。

59 鞆浦的杜松

常青依然，

与我曾共看的

阿妹，如今

已不在人寰

☆我妹子が見し鞆の浦の天木香樹は常世にあ
れど見し人ぞなき

译者说：鞆浦（鞆の浦），今广岛县福山市鞆
町的海岸。

60 松浦川，川流

闪闪急奔，

阿妹立在那儿

钓小鲇——

弄湿了衣裙

☆松浦川川の瀬光り鮎釣ると立たせる妹が裳
の裾濡れぬ

译者说：松浦川，流经今九州佐贺县北部之
河川。

61　松浦川彼处

伊人在钓小鲇——

阿妹啊，我想

枕在

你的臂上

☆遠つ人松浦の川に若鮎釣る妹が手本を我れ
こそ巻かめ

62　啊，诸位，

即便湿了白袖，

我们到香椎的潮滩

采海藻

佐早餐吧

☆いざ子ども香椎の潟に白妙の袖さへ濡れて
朝菜摘みてむ

译者说：香椎，在今九州福冈市东北。

高桥虫麻吕（9首）

高桥虫麻吕（Takahashi no Mushimaro，7—8世纪），生平不详，与山部赤人、山上忆良、大伴旅人同时代之奈良时代歌人，以抒发行旅感受和描写凄美传奇之歌著称，是《万叶集》中最擅叙事歌之作者，修辞与表现手法极富异色感，夹叙夹议，叙事与抒情兼容，风格独特，名作包括取材自水江浦岛子、上总末珠名娘子、胜鹿真间娘子、菟原处女等民间传说的"物语风"极浓之歌。他于元正天皇时代（715—724）担任东北地区常陆国的官员，可能参与编纂当时出版的《常陆国风土记》一书。《万叶集》中收录其三十余首作品，大多选自《高桥虫麻吕歌集》。

63　如果有男人

来叩其金属门，

虽夜半，

奋不顾身

她出门幽会

☆金門にし人の来立てば夜中にも身はたな知
らず出でてぞ逢ひける

译者说：此诗有题"咏上总末珠名娘子"。上总、
末，地名，今千叶县富津市。"珠名"为诗中女
主角之名。此诗前有一长歌咏此位色姝人艳、作
风大胆，善与男子周旋，追求者众的"珠名娘子"。

64　那贺村对面的

曝井，汩汩清水

不断不断流出，

想去那儿一访，

濯衣女中物色我妻

☆三栗の那賀に向かへる曝井の絶えず通はむ
そこに妻もが

译者说：此诗有题"那贺郡曝井歌"。那贺郡，
在常陆国，诗中的"那贺"指那贺郡那贺村，
即今那珂町。曝井，位于茨城县水户市爱宕町
滝坂之井泉，传说因涌清水不断，村中妇女每
聚此洗濯、曝晒衣物，因以为名。

65　我等此行，不会
　　超过七日，
　　风神龙田彦啊
　　暂莫将眼前
　　繁花吹散……

☆我が行きは七日は過ぎじ龍田彦ゆめこの花
を風にな散らし

译者说：龙田彦，与龙田姬同为风神。此诗有
题"春三月，诸卿大夫等下难波时歌"。诗人
因公将离繁花正开的龙田山，他央求风神龙田
彦暂莫发威摧花，留待他归来再赏。龙田山为
今奈良县生驹郡三乡町龙田大社背后之山。龙
田大社所祀正是两龙田风神。

66　阿妹在筑波山
　　山脚下刈
　　秋田，啊我要去
　　折一枝红叶
　　送红颜

☆筑波嶺の裾廻の田居に秋田刈る妹がり遣ら
む黄葉手折らな

译者说：此诗有题"登筑波山歌"。筑波山，
位于今茨城县南西部之高山，有俗称男体山、
女体山之男神、女神二峰。

67　男神勃立筑波山巅

攀向云端，阵雨

自天降，我纵

全身湿透，岂能弃

云雨之欢归去？

☆男神に雲立上り時雨降り濡れ通るとも我れ
歸らめや

译者说：此诗有题"登筑波岭为嬥歌会日作歌"。
诗中的"男神"即筑波山西侧之男体山。"嬥
歌会"（"嬥"字本意"跳"）为古代民间行事、
宗教仪礼，男女于特定时日、地点，群聚饮食、
歌舞、交欢，祈求丰收，为古代开放的性之祭典，
又称"歌垣"。此短歌前有一长歌，甚能彰显
高桥虫麻吕诗歌异色、壮盛之美，亦译于下——

68 鹰鸷所栖之
筑波山
裳羽服津边,
年轻男女们
互相邀约,
携手齐往
嬥歌会
歌舞同欢;
人妻我
可交,我
妻人亦
可快意戏;
统领此山之
大神,亘古
以来于此事
全然不禁:
唯独此日,
一切狂欢皆安,
勿责其为不端!

☆鷲の住む／筑波の山の／裳羽服津の／その
津の上に／率ひて／娘子壮士の／行き集ひ／
かがふ嬥歌に／人妻に／我も交はらむ／我が
妻に／人も言問へ／この山を／うしはく神の
／昔より／いさめぬわざぞ／今日のみは／め
ぐしもな見そ／事も咎むな

69   胜鹿真间之井，

那美少女

每日来回汲水，

让人长念啊

手儿奈此名

☆勝鹿の真間の井見れば立ち平し水汲ましけむ手児名し思ほゆ

译者说：此诗有题"咏胜鹿真间娘子歌"。胜鹿，下总国葛饰郡，江户川下流沿岸。真间，今千叶县市川市真间。"手儿名"（亦作"手儿奈"），东国方言，美少女之意，以之名此处所咏"胜鹿真间娘子"。此诗前有长歌，叙述此位不恃妆扮、天生丽质的少女，因众多男子追求，无所适从，投真间之海自尽的传奇故事。

70　　来到苇屋此地

　　访你莵原少女

　　之墓，我

　　徘徊流连，

　　泪流连连……

　　☆葦屋の莵原処女の奥つ城を行き来と見れば
　　哭のみし泣かゆ

　　译者说：此首与下一首短歌有题"见莵原处女
　　墓"，前有一长歌叙述"莵原处女"与两男子
　　间的传奇故事。莵原，摄津国莵原郡。苇屋，
　　今兵库县神户市六甲山南麓一带。苇屋"莵原
　　处女"是闻名遐迩之美女，茅渟壮士与莵原壮
　　士两人同时爱上她。她左右为难，无法两全，
　　悲伤而死。茅渟壮士梦中得知莵原处女已死去，
　　随之自尽；莵原壮士闻讯，仰天悲鸣而死。人
　　将其二人墓分建在莵原处女墓两侧。高桥虫麻
　　吕以凄美之笔再现动人心魂的民间传奇，诚其
　　代表作也。在下一首短歌中，他点出莵原处女
　　属意者乃茅渟壮士。

71 坟上树木众枝
齐弯向一方，
果如传闻所言，
菟原少女心之所
倾，其壮士茅渟

☆墓の上の木の枝靡けり聞きしごと茅渟壮士
にし寄りにけらしも

大伴坂上郎女 （16首）

大伴坂上郎女（Otomo no Sakanoue no Iratsume，约700—约750），奈良时代女歌人。本名不详，称坂上郎女是因家住坂上里（今奈良市东郊）。是《万叶集》编纂者大伴家持的姑姑，后成为其岳母；大伴家持之父、《万叶集》著名歌人大伴旅人之异母妹。据推测，坂上郎女曾嫁与穗积皇子，皇子死后，与贵族藤原麻吕交往，后与异母兄宿奈麻吕结婚。《万叶集》收入坂上郎女和歌84首，数量仅次于大伴家持和柿本人麻吕，在女性歌人中列第一。她的诗具有理性的技巧，充满机智，善用巧喻，充分显现对文字趣味和诗艺的掌握，同时也展露出女性细腻的情感，以及对爱的直觉与执着。

72　你骑黑马

　　踏过水中石，

　　夜渡佐保川而来——

　　我要你的黑马，一年中

　　如此不断……

☆佐保川の小石踏み渡りぬばたまの黒馬来る
夜は年にもあらぬか

译者说：此首短歌与下一首大伴坂上郎女短歌，
皆出自《万叶集》第四卷"相闻"中，大伴坂
上郎女回复给恋人藤原麻吕的"大伴郎女和歌
四首"。藤原麻吕先有3首短歌赠大伴郎女，
其中第3首如下——

被褥暖

　　且柔，阿妹

　　不在我身旁，

　　独寝

　　我肌寒

☆むしぶすま柔やが下に臥せれども妹とし寝
ねば肌し寒しも（藤原麻吕）

73   说来，

却时而不来。

说不来，

所以我等待你来，

因为你说不来

☆来むと言ふも来ぬ時あるを来じと言ふを来むとは待たじ来じと言ふものを

译者说：此首短歌，重复使用"来"字、"说"（言）字，读起来颇有绕口令或饶舌歌之谐趣。

74   不要割

佐保川岸崖上的

密草，

春来时，隐身

繁荫处幽会

☆佐保川の岸のつかさの柴な刈りそねありつつも春し来たらば立ち隠るがね

75　白发杂黑发，黑白

老境里，惊见彩色

爱情来纠缠——

让我渴望若是，

此生未曾逢……

☆黒髪に白髪交り老ゆるまでかかる恋にはいまだ逢はなくに

译者说：大伴坂上郎女在此诗中称自己头发渐白，已入老境。依《万叶集》诗作排列顺序，此诗可能作于天平二年（730）左右，当时她才届三十岁呢。是爱阙如，所以人生变黑白；爱情若至，人生才是彩色的吗？

76　将玉托付给

守玉者——即便

从今而后

与我共寝者唯

一枕头

☆玉守に玉は授けてかつがつも枕と我れはいざふたり寝む

译者说：此诗是大伴坂上郎女的二女儿坂上二娘出嫁时，身为母亲的她所写将掌上明珠托付女婿之作，喜中忍悲、情真意切。

77 　此乡人言

　　真可畏！

　　别将绯红心思

　　露出，纵使

　　浑身激情要你命……

　　☆あらかじめ人言繁しかくしあらばしるや我
　　が背子奥もいかにあらめ

78 　只因人言籍籍，

　　你就隔屋另居，

　　默默相恋，

　　如刀入

　　二鞘

　　☆人言を繁みや君が二鞘の家を隔てて恋ひつ
　　ついまさむ

79   迩来，

似乎已过了

千年，

我如此想——

因为我渴望见你

☆このころは千年や行きも過ぎぬると我や然
思ふ見まく欲りかも

80   对你的思念

如激流

汹涌，我想

筑坝堵塞堵塞它，

终崩溃不可收……

☆うつくしと我が思ふ心速川の塞きに塞くと
もなほや崩えなむ

81 青山横白云，

你对我笑得

多鲜明——

啊，不要让

人家知道！

☆青山を横ぎる雲の著ろく我と笑まして人に
知らゆな

82 没有山海

阻隔我们，

为什么久久久久

才投过来

一眼或一言？

☆海山も隔たらなくに何しかも目言をだにも
ここだ乏しき

83   就像被涨潮

淹没的岩岸上的

海藻——

相见不易，

更多爱意！

☆潮満てば入ぬる磯の草なれや見らく少く恋
ふらくの多き

84   猎高的高圆山，

山高如此高——

莫非需攀爬至如此

高度，月亮

每晚君临迟迟

☆狩高の高円山を高みかも出で来る月の遅く
照るらむ

咏元兴寺之里歌

85　故乡的飞鸟
　　固然好，
　　奈良明日香
　　新飞鸟——
　　看了亦觉好！

☆故郷の飛鳥はあれどあをによし奈良の明日香を見らくしよしも

译者说：日本于公元 694 年由飞鸟京迁都藤原京，710 年又由藤原京迁都奈良（平城京），此诗所咏为新建于奈良之元兴寺。元兴寺为 596 年原建于飞鸟京（今奈良县高市郡明日香村一带）的飞鸟寺（又名法兴寺）之别院，因此又名"飞鸟寺"。"飞鸟"之名让奈良居民忆起故都飞鸟京。"明日香"与"飞鸟"日文读音（あすか：asuka）相同。

初月歌

86　新月升起，

　　初三月如眉：

　　我搔了发痒的眉根，

　　恋慕已久的人啊，

　　我要与你相会了

　　☆月立ちて直三日月の眉根掻き日長く恋ひし
　　君に逢へるかも

　　译者说：日本古代相信，眉根痒乃情人将来临
　　的前兆。

87　噢，杜鹃鸟啊

　　不要唱不停！

　　我独寐，难寝，

　　闻你声

　　从耳苦到心……

　　☆霍公鳥いたくな鳴きそひとり居て寐の寝ら
　　えぬに聞けば苦しも

笠女郎 (15首)

　　笠女郎（Kasa no Iratsume，8 世纪），奈良时代女歌人，《万叶集》中与大伴坂上郎女并峙的杰出女歌人。生平不详。《万叶集》中收其短歌共29首（包括卷三"譬喻歌"3首，卷四"相闻"24首，卷八"相闻"2首），都是写给歌人／编纂者大伴家持的恋歌，是与大伴家持有过恋爱关系的已知名字的十四个女性之一。

88 用托马野的

紫草

染吾衣——

衣未穿，喜形于色

人皆知我情

☆託馬野に生ふる紫草衣染め未だ着ずして色に出でにけり

译者说：此诗收于《万叶集》第三卷"譬喻歌"。

89 看着我送你的

纪念物，惦记着

我吧——我的

思念，历久弥新

缠绕其上

☆わが形見見つつ偲はせあらたまの年の緒長くわれも思はむ

译者说：此处第89至100首短歌，皆收于《万叶集》第四卷"相闻"，有题"笠女郎赠大伴宿祢家持歌24首"。

90   如同庭中

夕暮草地上的

白露，被思念

所耗的我

也将化为乌有……

☆我が屋戸の夕陰草の白露の消ぬがにもとな
思ほゆるかも

91   八百日才能走尽的

海岸上全部的砂

合起来——都

抵不过我的爱：

岛守啊，明白吗？

☆八百日行く浜の真砂も我が恋にあにまさら
じか沖つ島守

92 相思刻骨，能

毁形夺人魂——

我的心如渐干涸的

小溪，逐月

逐日消废……

☆恋にもぞ人は死にする水無瀬川下ゆ我痩す月に日に異に

93 为朝雾般

朦胧一见的

那人，我死命

恋他、爱他

一生……

☆朝霧の鬱に相見し人ゆゑに命死ぬべく恋ひ渡るかも

94   伊势的海浪

　　如雷声

　　轰击海岸——

　　正如让我敬畏、让我

　　思念不断的那人！

　　☆伊勢の海の磯もとどろに寄する波かしこき
　　人に恋ひ渡るかも

95   千想万想

　　未料及——

　　无山阻，无

　　川隔，与你之恋

　　如此苦！

　　☆心ゆも我は思はずき山川も隔たらなくにか
　　く恋ひむとは

96   若说相思

夺人命——

我死死

生生，何止

千回……

☆思ふにし死にするものにあらませば千たび
ぞ吾れは死にかへらまし

97   我梦见

一把剑抵着

我的身体——是何

预兆？是要与你

相逢了吗？

☆剣太刀身に取り添ふと夢に見つ何のさがぞ
も君に逢はむため

98   夜阑钟敲

催人定：

众人皆寝，

唯我——为你

相思独醒

☆皆人を寝よとの鐘は打つなれど君をし思へ
ば眠ねがてぬかも

99   人不想我

我想他——

无济一如对着

大寺饿鬼的背

勤磕头

☆相思はぬ人を思ふは大寺の餓鬼の後に額づ
くがごと

译者说：向饿鬼磕头祈求保佑，如言"请鬼拿
药单"，徒劳无功之意。

你若居近处，

不见仍

心安——如今你去远，

寸寸相思接成鞭

长仍莫及！

☆近くあらば見ずともあらむをいや遠く君が
座さばありかつましじ

译者说：笠女郎写了上面这组恋歌（共 24 首，
此处选译了 12 首）给大伴家持。不知是充耳
未闻或有口难言，大伴家持听闻这些情诗后，
只以 2 首短歌相应，底下是其中之一——

应当沉默

无言语，因何

相见生恋心，

明知无以

遂此情……

☆なかなかに黙もあらましを何すとか相見そ
めけむ遂げざらまくに（大伴家持）

101　春山的颜色

　　隐约朦胧一如

　　鸭的羽毛的颜色——

　　恰似你的态度

　　让我分不清

　　☆水鳥の鴨の羽色の春山のおほつかなくも思
　　ほゆるかも

　　译者说：此诗与下一首诗皆收于《万叶集》第
　　八卷"相闻"。

102　每日早晨我在

　　我家庭院看到的

　　瞿麦花——

　　如果是你——

　　就好了！

　　☆朝ごとに吾が見る庭のなでしこの花にも君
　　はありこせぬかも

大伴家持（10首）

　　大 伴 家 持（Otomo no Yakamochi，约 718—785），奈良时代歌人，一生沉浮官场，历任中央与地方政府多个官职。父亲大伴旅人与姑姑大伴坂上郎女，都是著名歌人，自幼即受熏陶。生母早逝，十岁左右起姑姑坂上郎女即前来照顾他，后与姑姑长女坂上大娘结婚。他是"三十六歌仙"之一，也是日本第一部和歌集《万叶集》的主要编纂者之一，诗风多样，幽默、悲悯、深情兼具，刚柔并济。作品甚丰，《万叶集》里收录其长歌 46 首、短歌 432 首，占全书逾十分之一。此处所译第一首短歌《初月歌》，作于 733 年，是他十六七岁时最早诗作之一。

初月歌

103　仰头望见一芽

　　新月，勾引我

　　思念那曾匆匆

　　一瞥的

　　伊人之眉……

　　☆振仰けて若月見れば一目見し人の眉引思ほ
　　ゆるかも

104　梦里相逢，

　　苦矣……

　　乍然惊醒，

　　四下抓探——

　　啊，两手空空！

　　☆夢の逢ひは苦しかりけりおどろきて掻き探
　　れども手にも触れねば

　　译者说：此诗与后面两首是《万叶集》第四卷
　　里，题为"更大伴宿祢家持赠坂上大娘歌十五
　　首"中的最后 3 首短歌。

105 你以一重腰带

      紧系我身，

      为爱消瘦——

      如今腰带渐宽，

      一重成三重！

      ☆一重のみ妹が結ばむ帯をすら三重結ぶべく
      我が身はなりぬ

106 我对你的爱，如

      千人方推得动的

      石头——七倍重，

      悬吊于我颈上：

      这是神的旨意

      ☆我が恋は千引の石を七ばかり首に懸けむも
      神のまにまに

107　雄鹿思妻的

　　　鸣声，如此激切

　　　响亮——山谷中

　　　回声响起，仿佛替

　　　母鹿回应它……

　　　☆山彦の相響むまで妻恋ひに鹿鳴く山辺に独りのみして

　　　译者说：此诗是题为"大伴宿祢家持鹿鸣歌二首"中的一首。

108　薄雪霏霏

　　　落庭园，

　　　寒夜独眠——

　　　无阿妹手枕可枕

　　　共缠绵

　　　☆沫雪の庭に降りしき寒き夜を手枕まかず一人かも寝む

109　我把这些珍珠

　　　包起来送给你，

　　　愿你用菖蒲草

　　　和橘花，将它们

　　　串连在你胸前

　　　☆白玉を包みて遣らばあやめぐさ花橘にあへ
　　　も貫くがね

110　春苑满园红，

　　　灼灼桃花

　　　映小径——

　　　少女娉婷

　　　花下立

　　　☆春の園紅にほふ桃の花下照る道に出で立つ
　　　娘子

　　　译者说：此诗有题"天平胜宝二年三月一日之
　　　暮，眺瞩春苑桃李花作二首"，此首短歌为其一。

111　风动我家

　　细竹丛——

　　细微细微地，在

　　此刻黄昏

　　幽幽回响……

　　☆我が屋戸のいささ群竹ふく風の音のかそけ
　　きこの夕べかも

112　宫中石阶，

　　如银河，

　　铺着一层

　　白霜——夜

　　更深了……

　　☆鵲の渡せる橋に置く霜の白きを見れば夜ぞ
　　更けにける

　　译者说：此诗收于《新古今和歌集》第六卷"冬
　　歌"，后亦被选入知名选集《小仓百人一首》中。

《万叶集》无名氏作者（19首）

　　《万叶集》里有许多无名氏作者，作者未详之歌达两千余首。此处从第十、十一、十二、十四卷中选译19首短歌，最后5首（第127到131首）出自第十四卷"东歌"，是东国地方（王畿以东诸郡国）的民歌。

113　怕春雨湿透
　　你的衣服——
　　所以，下七天雨
　　你就七天
　　不来了？

　　☆春雨に衣はいたく通らめや七日し降らば七
　　日来じとや

114　梅花灿开又
　　落尽了……
　　阿妹啊，你来
　　不来——我变成
　　一棵松，等着

　　☆梅の花咲きて散りなば我妹子を来むか来じ
　　かと我が松の木ぞ

115   让闲言闲语如

       夏日野草

       繁生吧——我

       和我的阿妹相搂

       相抱同寝相好

       ☆人言は夏野の草の繁くとも妹と我れとし携
       はり寝ば

116   你可能

       不喜欢我——

       竟也无意前来一赏

       我家前面的

       橘花吗?

       ☆吾れこそば憎くもあらめ吾がやどの花橘を
       見には来じとや

80

117　晶莹的白露，

　　伸手一碰

　　即消失——我们

　　齐赏萩花吧，让

　　花与花上露竞妍

　　☆白露を取らば消ぬべしいざ子ども露に競ひ
　　て萩の遊びせむ

　　译者说：萩，即胡枝子，日本秋季的代表花，
　　开蝶形的紫红色或白色小花。

118　阿哥身上

　　白衣，此去

　　势必一路被秋色

　　所染——啊

　　红叶满山呢

　　☆我が背子が白栲衣行き触ればにほひぬべく
　　ももみつ山かも

119　为妹摘折

　　枝梢的梅花——

　　下方树枝上

　　露水，接二连三

　　滴落我身

　　☆妹がため末枝の梅を手折るとは下枝の露に
　　濡れにけるかも

120　就像迹见山山上雪

　　雪亮显眼，这样

　　一路热恋下去——

　　有迹可循，阿妹

　　名字，恐将曝光……

　　☆うかねらふ跡見山雪のいちしろく恋ひば妹
　　が名人知らむかも

　　译者说：迹见山，即今奈良县樱井市东南部的
　　鸟见山。

121 宫殿金阳闪耀，

前面的大道上

人潮汹涌——

啊，我心头所思

所涌，唯君一人

☆うち日さす宮道を人は満ち行けど我が思ふ
君はただ一人のみ

122 天地

之名

灭，乃敢

与君

绝

☆天地といふ名の絶えてあらばこそ汝と我れ
と逢ふことやめ

123   我不愿梳理

晨起后的乱发，

在我爱人

手枕上，它

一夜缠眠

☆朝寝髪われは梳らじ愛しき君が手枕触れて
しものを

124   不思偏

诱思——这山鸟尾般绵长孤单的

独

寝

夜

☆思へども思ひもかねつあしひきの山鳥の尾
の長きこの夜を

125 如我母亲所养

之蚕，隐于茧中，

不能与阿妹见面

我胸闷，心烦，

快窒息而死……

☆たらちねの母が飼ふ蚕の繭隠りいぶせくも
あるか妹に逢はずして

126 今夜，我将

来你梦中会你，

没有人会看到我、

质问我——啊

千万别把屋门锁上

☆人の見て言とがめせぬ夢に我れ今夜至らむ
宿閉すなゆめ

127　两人共寝的时间

短如穿玉的绳，

两人相爱的激情如

富士高山上奔溃的

溪流，剧烈鸣响……

☆さ寝らくは玉の緒ばかり恋ふらくは富士の
高嶺の鳴沢のごと

128　筑波岭，彼面

此面警卫据守，

我母亲把我紧紧

看着——我的魂破关

而出，与哥相逢

☆筑波嶺の彼面此面に守部据ゑ母い守れども
魂ぞ逢ひにける

译者说：筑波岭，筑波山古名，在常陆国（今
茨城县），有女神、男神二峰。

129　我不在乎

　　我们的恋情曝现如

　　伊香保山八尺高

　　堤坝上方的虹——

　　只要我能睡你睡你

　　☆伊香保ろの八尺の堰塞に立つ虹の現ろまで
　　もさ寝をさ寝てば

130　苎麻已满桶,

　　何须忙着

　　绩麻, 明天也

　　穿不着呢——赶快

　　到小床上来!

　　☆麻苧らを麻笥にふすさに績まずとも明日着
　　せさめやいざせ小床に

131 秧田里的小水葱花

不时摩擦、染紫

我的衣服——

我已经逐渐习惯

并且爱上它了……

☆苗代の小水葱が花を衣に摺りなるるまにま
にあぜか愛しけ

译者说：此诗以衣服逐渐习惯水葱花摩擦，暗
喻新嫁娘逐日能体闺房之趣，颇幽微、优美。

僧正遍昭（6首）

　　僧正遍昭（Sojo Henjo，816—890），日本平安时代（794—1192）前期歌人，914年左右编成的日本最早敕撰和歌集《古今和歌集》序文中论及的"六歌仙"之一，也是"三十六歌仙"之一。本名良岑宗贞，是桓武天皇的孙子。仁明天皇时官至从五位上。850年仁明天皇去世后，悲恸出家，时三十五岁，法名遍昭。869年创建花山寺（元庆寺），任住持。他的歌风轻妙洒脱，《古今和歌集》中选录其歌作17首，其余敕撰歌集入选计36首。

132　春花被雾霭
　　所掩，山风啊，
　　如果你不能揭示
　　花色，起码为我们
　　偷来花香吧

☆花の色は霞にこめて見せずとも香をだにぬ
すめ春の山風

译者说：此诗有题"春歌"，收于《古今和歌集》
第二卷，署名"良岑宗贞"，是僧正遍昭出家
前之作。

133　天风啊，
　　请将云中的
　　通路吹闭，
　　暂留少女们
　　之仙姿！

☆天つ風雲の通ひ路吹きとぢよ乙女の姿しば
しとどめむ

译者说：此诗有题"见五节舞姬"，收于《古今
和歌集》第十七卷"杂歌"，后亦被选入知名选
集《小仓百人一首》，为僧正遍昭出家前之作。
"五节"是每年11月"新尝祭"时于宫中举行
的仪庆。选王公贵族家美少女四五名担任舞姬，
起源自天武天皇行幸吉野时，有天女从天而降，
舞姿曼妙，引人入胜，因此宫中每年效之。

90

134　我的慈母

如果知道有一天

会有此景，

当初应该就不会

抚摸我的黑发……

☆たらちめはかれとてしもむばたまの我が黒髪を撫でずや有りけん

译者说：此诗有题"初落发时，于某物上所书"，是僧正遍昭于850年三十五岁在比叡山剃度时所作，回忆年幼时母亲抚摸其发之景。收于《后撰和歌集》第十七卷"杂歌"中。

135　莲叶出污泥

而心不染，

白露因何

以晶莹

欺作珠玉？

☆蓮葉の濁りに染まぬ心もてなにかは露を玉とあざむく

译者说：此诗有题"见莲叶露珠"，收于《古今和歌集》第三卷"夏歌"中。

136　纯为喜爱

你的名字而来

摘你，女郎花啊

不要跟人家说

我堕落无行……

☆名にめでて折れるばかりぞ女郎花我れ落ち
にきと人に語るな

译者说：此诗收于《古今和歌集》第四卷"秋歌"
中。女郎花是多年生草本植物，秋天时开黄色
小花。

137　这遁世的

苔之衣只有

一件，不借

未免薄情，两个人

一起睡好吗？

☆世をそむく苔の衣はただ一重かさねばうと
しいざふたり寝む

译者说：此诗收于《后撰和歌集》第十七卷，
是僧正遍昭颇为人知之作，回应女歌人小野小
町写的一首短歌（见本书第163首）。

小野小町（27首）

小野小町（Ono no Komachi，约825—约900），平安时代前期女歌人。"三十六歌仙"中五位女性作者之一。日本最早敕撰和歌集《古今和歌集》序文中论及的"六歌仙"中的唯一女性。小町为出羽郡司之女，任职后宫女官，貌美多情（据传是当世最美女子），擅长描写爱情，现存诗作几乎均为恋歌，其中咏梦居多。诗风艳丽纤细，感情炽烈真挚。她是传奇人物，晚年据说情景凄惨，沦为老丑之乞丐。后世有关小町的民间故事甚多。能剧里，有以小野小町为题材的七谣曲（七个剧本）——《草纸洗小町》《通小町》《鹦鹉小町》《关寺小町》《卒都婆小町》《雨乞小町》《清水小町》——合称"七小町"。二十世纪作家三岛由纪夫也作有能乐剧本《卒塔婆小町》。小町活跃于歌坛的时间推测应在仁明天皇朝（833—850）与文德天皇朝（850—858）的年代。《古今和歌集》中选录

其歌作18首,《后撰和歌集》中收录4首。各敕撰歌集中选入的小町作品共六十余首。另有私家集《小町集》一册,编成于九世纪后半,收一百一十多首短歌,其中有一些或为后人伪作。构成小野小町传奇最重要的部分应为其炽热强烈的情感,她为后来的歌人们留下了视激情、情欲为合法、正当的诗歌遗产。在她之后代代歌人所写的诗歌中,激情洋溢的女子从不缺席。

138   他出现，是不是

因为我睡着了，

想着他?

早知是梦

就永远不要醒来

☆思ひつつ寝ぬればや人の見えつらむ夢と知りせばさめざらましを

139   当欲望

变得极其强烈，

我反穿

睡衣，在艳黑的

夜里

☆いとせめて恋しき時はむばたまの夜の衣を返してぞ着る

译者说："反穿睡衣"系日本习俗，据说能使所爱者在梦中出现。

140 我知道在醒来的世界

我们必得如此，

但多残酷啊——

即便在梦中

我们也须躲避别人的眼光

☆うつつにはさもこそあらめ夢にさへ人めを
もると見るがわびしさ

141 对你无限

思念，来会我吧

夜里，

至少在梦径上

没有人阻挡

☆かぎりなき思ひのままに夜も来む夢路をさ
へに人はとがめじ

142 虽然我沿着梦径

不停地走向你，

但那样的幽会加起来

还不及清醒世界允许的

匆匆一瞥

☆夢路には足もやすめず通へどもうつつにひ
とめ見しごとはあらず

143 你留下的礼物

变成了我的敌人：

没有它们，

我或可稍忘

片刻

☆形見こそ今はあだなれこれ無くは忘るる時
もあらましものを

译者说：此诗收于私家集《小町集》中。《古
今和歌集》第十四卷"恋歌"中亦见此诗，但
未有作者名字。

144　他难道不知道

　　我这海湾

　　无海草可采——

　　那渔人一次次走过来

　　步伐疲惫……

☆みるめなきわが身をうらと知らねばやかれ
なで海士の足たゆく来る

译者说：此首短歌殆为谣曲《通小町》中"小
町拒绝男人追求"此类故事之原型。而在下一
首短歌，相反地，她埋怨她期盼的男人不来接
近她。

145　潜水者不会放弃

　　海草满布的海湾：

　　你将弃此

　　等候你双手采撷的

　　浮浪之躯于不顾吗？

☆みるめあらばうら見むやはとあまとはゞう
かびてまたむうたかたのみも

译者说：此诗收于私家集《小町集》中。

146　这风

结露草上

一如去年秋天，

唯我袖上泪珠

是新的

☆吹きむすぶ風は昔の秋ながらありしにもあらぬ袖の露かな

147　秋夜之长

空有其名，

我们只不过

相看一眼，

即已天明

☆秋の夜も名のみなりけり逢ふといへば事ぞともなく明けぬるものを

148　想为

　　　自己采

　　　忘忧草，

　　　却发现已然

　　　长在他心中

　　　☆わすれ草我が身につまんと思ひしは人の心
　　　におふるなりけり

149　见不到你

　　　在这没有月光的夜，

　　　我醒着渴望你。

　　　我的胸部热胀着，

　　　我的心在燃烧

　　　☆人に逢はむ月のなきには思ひおきて胸はし
　　　り火に心やけをり

150　自从我心

置我于

你漂浮之舟，

无一日不见浪

湿濡我衣袖

☆心からうきたる舟にのりそめてひと日も浪
にぬれぬ日ぞなき

151　如果百花

可以在秋野

争相飘扬其饰带，

我不也可以公开嬉闹

无惧责备？

☆もも草の花のひもとく秋の野に思ひたはれ
ん人なとがめそ

译者说：此诗收于私家集《小町集》中。《古
今和歌集》第四卷"秋歌"中亦见此诗，但未
有作者名字。

152　悲乎，

想到我终将

如一缕

青烟

飘过远野

☆はかなしや我が身の果てよ浅みどり野辺に
たなびく霞と思へば

153　花色

已然褪去，

在长长的春雨里，

我也将在悠思中

虚度这一生

☆花の色はうつりにけりないたづらにわが身
世にふるながめせしまに

译者说：此诗收于《古今和歌集》第二卷"春
歌"，后亦被选入知名选集《小仓百人一首》。

154 生如露珠，转瞬

即逝……只要

我活着，我要

朝朝暮暮

见你！

☆露の命はかなきものを朝夕に生きたるかぎ
り逢ひ見てしがな

155 岩石旁的松树

定也有其记忆：

看，千年后

如何树枝都

俯身向大地

☆物をこそいはねの松も思ふらめ千代ふるす
ゑもかたぶきにけり

译者说：此诗收于私家集《小町集》中。

156　此爱是真

是梦？

我无从知晓，

真与梦虽在

却皆非真在

☆世の中は夢かうつつかうつつとも夢ともし
らず有りてなければ

译者说：此诗收于私家集《小町集》中。

157　照着山村中

这荒屋，

秋天的月光

在这儿

多少代了？

☆山里に荒れたる宿をてらしつつ幾世へぬら
む秋の月影

158　我非海边渔村

　　向导，何以他们

　　喧喧嚷嚷

　　抱怨我不让他们

　　一览我的海岸？

　　☆海人のすむ里のしるべにあらなくにうらみ
　　むとのみ人の言ふらむ

　　译者说：在此首短歌里，诗人对那些欲一亲其
　　芳泽的凡夫俗子说，她没有义务让他们入其私
　　境，窥其心海。而在下一首短歌里，她却因为
　　所爱、所盼的人未至，而恍惚地质疑自身是否
　　存在于世。

159　答应到访的人

　　已然将我忘却——

　　此身究曾存在否？

　　我心困惑

　　迷乱

　　☆我が身こそあらぬかとのみ辿らるれとふべ
　　き人に忘られしより

160　褪色、变淡而

　　不被觉察的，

　　是称为

　　"人心之花"的

　　这世中物

　　☆色見えでうつろふものは世の中の人の心の
　　花にぞありける

161　晚秋小雨落，

　　我身亦垂垂老矣，

　　你的话如

　　落叶

　　也变了色

　　☆今はとてわが身時雨にふりぬれば言の葉さ
　　へにうつろひにけり

106

162 开花而

不结果的是

礁石上激起

插在海神发上的

白浪

☆花咲きて実ならぬものはわたつ海のかざし
にさせる沖つ白浪

163 在此岩上

我将度过旅夜，

冷啊，

能否借我

你如苔的僧衣？

☆岩のうへに旅寝をすればいと寒し苔の衣を
我にかさなむ

译者说：此首短歌写于石上（今奈良县天理市）
的石上寺，小町有次访此寺，日已暮，决定在
此过夜，天明再走，闻"六歌仙"之一的僧正
遍昭在此，遂写此带调侃、挑逗味之诗，探其
反应。僧正遍昭也机智地回咏以一首短歌（见
本书第137首）。

164 此身寂寞

漂浮，

如断根的芦草，

倘有河水诱我，

我当前往

☆わびぬれば身をうき草の根をたえてさそふ
水あらばいなむとぞ思ふ

译者说：此首短歌是小町晚年之作，"六歌仙"
之一的歌人文屋康秀赴任三河掾时，邀其同往
乡县一视，小町乃作此歌答之。

在原业平（7首）

　　在原业平（Ariwara no Narihira，825—880），
平安时代前期的歌人，平城天皇第一皇子阿保亲王的
第五子。历任内外官吏，最终官位从四位上。他是
《古今和歌集》序文中论及的"六歌仙"之一，也是
"三十六歌仙"之一。平安时代著名和歌物语《伊势
物语》中收录了许多他的和歌，该书主人公据信是以
其为原型。他为人风流倜傥，《日本三代实录》称其
"体貌闲丽，放纵不拘"，后世每多以"日本第一美男"
称之。镰仓时代一本《伊势物语》注释书《和歌知显
集》，称其一生共与3733位女子相交。《古今和歌集》
（收其和歌30首）以降，各敕撰和歌集共选录其歌
作87首。

165　月，非

　　昔时月；春

　　非昔日

　　春——我身

　　仍是我身……

☆月やあらぬ春や昔の春ならぬ我が身ひとつ
はもとの身にして

译者说：此诗收于《古今和歌集》第十五卷"恋
歌"，前书"五条皇后御所寝殿西厢住有一人，
无意中与其相见，甚爱她。一月十日过后不久，
伊人避居他处。虽打听到其住所，但未得相见。
忽忽一年，春天又到，梅花盛开，某一夜月色
甚佳，回忆起去年之情，遂往西厢，卧于地上
木板上，直至月落，有感而咏此歌"。此诗发
想甚妙，一般我们说"物是人非"，在原业平
触景生情，反过来说：景物已非昔日景物，而
人（他自己）依然是昔日那个有情人。

166 在众神的年代

亦未闻如此

神奇事——片片

枫叶，将龙田川

染得满江艳红

☆ちはやぶる神世もきかず龍田河唐紅に水く
くるとは

译者说：此诗收于《古今和歌集》第五卷"秋
歌"，后亦被选入知名选集《小仓百人一首》。
龙田川，流经大和国（今奈良县）龙田山边之
河川，古来为观赏红叶（枫叶）有名之地。

不是没见到，也不是

已见到，匆匆一瞥

伊人即将我煞到——

因恋肿思念，此肿

今日如何消？

☆見ずもあらず見もせぬ人の恋しくはあやな
く今日やながめくらさむ

译者说：此诗收于《古今和歌集》第十一卷"恋
歌"，前书"右近卫府马场行马射之日，自对
面停驻的车子垂帘间，隐约瞥见一女子面容，
因咏此歌以赠"。此诗亦见《伊势物语》第
九十九段。此女（名字不详）所回短歌如下——

知道或不知道，

这区别不重要，

心中

恋常在，此恋

才是知我之道

☆知る知らぬ何かあやなくわきていはむ思ひ
のみこそしるべなりけれ

168　你的泪河

太浅，只湿了

你的衣袖——等听到

泪洪卷走你的身体

我才跟你走

☆あさみこそ袖はひつらめ涙川身さへ流ると
聞かばたのまむ

译者说：此诗收于《古今和歌集》第十三卷"恋
歌"，有题"代某女子回答"。

169　筑紫名川名

染河，一渡变如何

你当能忖度：有水、

有色、有情地，

不染美色过不去

☆染河を渡らん人のいかでかは色になるてふ
事のなからん

译者说：此诗收于《拾遗和歌集》第十九卷"杂
恋歌"，亦见于《伊势物语》第六十一段。《伊
势物语》此诗前有文字说某男子来到筑紫（今
九州岛福冈县一带），听到有人说他是从都城
来的好色之徒后，遂写了此短歌。染河，今九
州岛福冈县中部之河川。

113

170　在伊势海上

　　我愿做一名浪荡的

　　渔人，沉浮于

　　众浪间，一边采

　　海藻，一边偷看你

　　☆伊勢の海に遊海人ともなりにしか浪かきわ
　　けて見るめかづかむ

　　译者说：此诗为《后撰和歌集》第十三卷"恋歌"
　　开卷之作，编撰者在此诗之后，安排了在原业
　　平应该未及见到的后一代女歌人伊势的一首短
　　歌作为回复。参见本书第184首。

171　如果有一天

　　这世上再无樱花

　　开放，我们的

　　春心或可

　　稍稍识得平静

　　☆世の中にたえて桜のなかりせば春の心はの
　　どけからまし

　　译者说：此诗收于《古今和歌集》第一卷"春
　　歌"，亦见于《伊势物语》第八十二段。

纪贯之（7首）

纪贯之（Ki no Tsurayuki，约872—945），平安时代前期的歌人，"三十六歌仙"之一。受醍醐天皇命，参与编纂最早的敕撰和歌集《古今和歌集》，为主要编选者，日文序亦为其所写。纪贯之是《古今和歌集》编者之一的纪友则（Ki no Tomonori，约850—904）的堂弟，精通汉学，官至从五位上。他为天皇起草诏书，活跃于宫廷歌坛。《古今和歌集》收入他102首歌作，是最多者，他的歌风因此也是《古今和歌集》歌风的某种缩影——语言清丽，格调细腻纤巧，亦重理智、机智，钟爱自然，对时间与四季的变化体察敏锐。《古今和歌集》之外，他也是《后撰和歌集》《拾遗和歌集》中歌作被收入最多者。各敕撰和歌集总共选入其歌作475首。有私家集《贯之集》。他曾任土佐守，据其任满回京旅途体验创作了一本《土佐日记》，是日本假名文学的滥觞，对日本日记文学、随笔、女性文学的发展有重大影响。

172   濯我夫君的

衣服——

一场春雨

把田野

洗得更绿了

☆我が背子が衣はる雨ふるごとに野辺の緑ぞ
色まさりける

译者说：此诗收于《古今和歌集》第一卷"春歌"。

173   夜宿

春山边，

梦中樱花

依然落

纷纷……

☆宿りして春の山辺に寝たる夜は夢の内にも
花ぞ散りける

译者说：此诗收于《古今和歌集》第二卷"春
歌"，有题"谒宿山寺"。

174　年年，龙田川

红叶一片

一片顺流而下……

它的河口是秋天

寄宿的地方吗？

☆年ごとにもみぢばながす龍田河みなとや秋
のとまりなるらむ

译者说：此诗收于《古今和歌集》第五卷"秋
歌"，有题"龙田川上秋暮有感"。

175　别离

不是一种

颜色——

但其情

深染我心

☆別れてふことは色にもあらなくに心にしみ
てわびしかるらむ

译者说：此诗收于《古今和歌集》第八卷"离
别歌"，有题"赠别"。

176 虽知明日

非我身所有，

但在我今日犹存的

暮色里，我为已

没入黑暗的他悲

☆明日知らぬわが身と思へど暮れぬ間の今日
は人こそかなしかりけれ

译者说：此诗收于《古今和歌集》第十六卷"哀
伤歌"，有题"写于纪友则去世时"。底下译
的这首短歌选自《土佐日记》，写一位母亲对
亡女的哀思，虽为虚拟之作，但情真意切，颇
为动人——

177 我忘了

孩子已经死去，

问着"你在做什么啊"

仿佛她还在——

更让我悲……

☆あるものと忘れつつなほなき人をいづらと
問ふぞ悲しかりける

178　我不能确知

故人如今

所思为何——

但故土的梅花

芬芳依然……

☆人はいさ心も知らずふるさとは花ぞ昔の香
ににほひける

译者说：此诗收于《古今和歌集》第二卷"春
歌"。诗人每次到初濑参拜长谷寺时都会投宿
于同一家旅店，此次因相隔颇长一段时间方来
参拜，旅店女主人遂传话说"我家如昔，未尝
有变"，意指诗人久未光临，应是先前改宿别
家。诗人闻言，乃折庭中梅花一枝，咏此歌以覆。
此首短歌亦被选入《小仓百人一首》中。

伊势 (11首)

伊势 (Ise, 约874—约938), 又称伊势御、伊势御息所, 平安时代前期女歌人, "三十六歌仙"之一。父为曾任伊势守的藤原继荫。伊势年轻时出仕于宇多天皇中宫藤原温子, 后为宇多天皇所幸, 成为"更衣"(后宫女官等级之一, 次于妃子), 生下一皇子。宇多天皇让位、出家后, 她受宠于宇多天皇的皇子敦庆亲王, 生下一女中务(后亦为"三十六歌仙"之一)。伊势据说相貌绝美, 且多才、善音乐, 是当时最活跃、最受肯定的女歌人。作品选入《古今和歌集》22首、《后撰和歌集》72首、《拾遗和歌集》25首, 是女歌人中最多者。总计有185首歌作被选入各敕撰和歌集。她的歌风细腻洗练, 情感热烈又不失机智、幽默。与小野小町并称为平安时代前期女歌人之"双璧"。她另有私家集《伊势集》, 收歌作约500首, 此集开头部分, 伴随30首左右的短歌, 自传性极强的物语风、日记风叙述, 被独立出来称作《伊势日记》, 是后来《和泉式部日记》等女性日记文学的先驱。

179　枕头有耳——

我们移开枕头交颈

共寝，不染一尘，

何以流言仍如

飞尘扬满天？

☆知ると言へば枕だにせで寝しものを塵なら
ぬ名の空に立つらむ

译者说：此处所译第 179 首至 183 首诸诗，皆
收于《古今和歌集》里。

180　即使在梦中

我不敢与你相会

——朝朝对镜，

我为爱憔悴的

面影，让我羞愧……

☆夢にだに見ゆとは見えじ朝な朝な我が面影
に恥づる身なれば

121

181　独寝、思人的

　　我，把床铺哭成

　　荒凉的大海，如果

　　我举袖欲拂拭，

　　袖子将漂浮如海沫……

　　☆海神と荒れにし床を今更に払はば袖や泡と
　　浮きなむ

182　月亮与我心心

　　相印，每次

　　我悲伤难过，

　　它的泪颜，总

　　泊于我袖上……

　　☆合ひに合ひて物思ふころのわが袖に宿る月
　　さへ濡るる顔なる

183　　水上的浮舟

如若是君——

"来我处

停泊吧!"是

我想说之话

☆水の上に浮べる舟の君ならばここぞ泊りと
言はまし物を

译者说：此诗有前言谓"敦庆亲王家池中，新
造之舟入水日举行游宴，宇多天皇亲临观览，
傍晚天皇回宫时，我作此歌献给他"。咏此歌
时，伊势是宇多天皇的"更衣"，她为天皇所幸，
生一皇子。后来宇多天皇出家，伊势离宫，受
宠于敦庆亲王，生女儿中务。此诗中，她把天
皇比作"水上浮舟"，把自己比作水池，说己
身即是天皇的归宿。

184　鱼肉松般平庸的此等

　　渔人有丰收之望吗？

　　难矣——伊势海岸

　　海藻生长的地方

　　浪高波急……

☆おぼろけの海人やはかづく伊勢の海の浪高
き浦に生ふる見るめは

译者说：此诗收于《后撰和歌集》第十三卷"恋
歌"里，编撰者以之回应在本诗之前，同样写
到"伊势之海"的在原业平一首短歌。在原业
平于880年去世。女歌人伊势应该未及有机会
与他见面或有所纠葛。但"伊势"出于女歌人
伊势笔下，既可指海，又可指人，甚为巧妙。
参见本书第170首。

185　我岂是奔流

　　不停的爱的河流上的

　　水泡——因为

　　见不到你

　　而消没？

☆思ひ川絶えず流るる水の泡のうたかた人に
逢はで消えめや

译者说：此首收于《后撰和歌集》里的短歌是
伊势的名作，有次有位她的旧识想再与她相会，
不知她的去处，写信给她说几天来他焦急地打
听她的消息，深怕她已经不在人世。伊势乃写
此诗回应。从中我们或可稍稍体会到美貌又有
才的伊势，对追求她的众多男子的冷淡态度。
诗中"思ひ川"（思念的河流、爱的河流）一词
是伊势首创，后来成为大家袭用的"歌枕"（和
歌之修辞套语或歌咏过的名胜、古迹）。收在
《拾遗和歌集》里的下面这首短歌情况却大不
相同，高傲的女诗人，因为所思恋的人，一下
子变成了"小女人"——

186　我们要相会

　　也许极难:

　　"我对你难以忘怀!"

　　——连能传

　　此话的人也找不到

　　☆さもこそは逢ひ見んことのかたからめ忘れ
ずとだに言ふ人のなき

187　你是说此世我们得

　　如此虚度而过,

　　连像难波湾芦苇的节

　　那般短的见面时间

　　也不能有吗?

　　☆難波潟短かき蘆の節の間も逢はでこの世を
過ぐしてよとや

　　译者说: 此诗收于《新古今和歌集》第十一卷
"恋歌",后亦被选入知名选集《小仓百人一首》
中。难波湾,指今大阪湾。

　我荒凉的

家乡——啊

但愿有人

来这儿和我共看

秋原上的野花!

☆故里の荒れ果てにたる秋の野に花見がてら
に来る人もがな

译者说:此首收于《伊势集》里的短歌,让人
想起十九世纪英国诗人菲茨杰拉德(Edward
Fitzgerald)英译的波斯诗人奥玛·海亚姆(Omar
Khayyam, 1048—1131)《鲁拜集》(*Rubaiyart
of Omar Khayyam*)里的这首四行诗——"一
卷诗,一壶酒,一块面包,/在树下——还有
你/伴着我在荒野歌唱——/啊,荒野就是天
堂!"有爱人相伴,家乡再怎么荒凉,野花当前,
荒野就是天堂!

189　垂悬于

绿色柳枝上的

春雨

仿佛一串

珍珠……

☆青柳の枝にかかれる春雨は糸もてぬける玉
かとぞ見る

译者说：此首收于《新敕撰和歌集》里的短歌，
非常晶莹、可爱，难怪网络上不识汉字、日本
字的许多"外国"读者纷纷转贴。

《古今和歌集》无名氏作者（14首）

　　《古今和歌集》共收和歌1100首，其中作者未详之歌约450首。饶富意味的是，《古今和歌集》中颇多绝佳之作都是无名氏所作。此处所译无名氏短歌，最后一首出自《古今和歌集》第二十卷"大歌所御歌"（相当于乐府歌辞）中的"东歌"（东国诸郡之民歌）。

190　春日野——

今天暂且别把

草烧了，我嫩草般的

娇妻藏身在那儿，

我也是呢……

☆春日野は今日はな焼きそ若草のつまもこも
れり我もこもれり

译者说：此首短歌选自《古今和歌集》第一卷
"春歌"。以天地为屋宇，辟春日野草床为一日
野外免费宾馆，是古来重情趣、图方便的人类
固有之智慧，亦是环保、绿色建筑、绿色生活
的先驱实践。

191　待五月而开的

橘花，香气扑鼻

令我忆起

昔日旧人

袖端的香气

☆五月待つ花橘の香をかげば昔の人の袖の香
ぞする

译者说：此首短歌选自《古今和歌集》第三卷
"夏歌"，是传播甚广、非常优美的名作。

192　龙田川上

红叶凌乱

飘流——想要

涉水而过，啊深恐

裂断锦带

☆龍田河もみぢ乱れて流るめり渡らば錦中や
絶えなむ

译者说：此首短歌选自《古今和歌集》第五卷
"秋歌"。

193　天空中

月光如此

清纯——冷而滑的水

被它轻触，凝成

第一层冰的肌肤

☆大空の月の光し清ければ影見し水ぞまづこ
ほりける

译者说：此首短歌选自《古今和歌集》第六卷
"冬歌"，和上一首秋歌一样清丽、迷人。

194　朦朦胧胧地

　　我的思绪穿过

　　明石湾的朝雾，跟随

　　一条消隐于远处

　　小岛后的船……

☆ほのぼのと明石の浦の朝霧に島隠れゆく舟
をしぞ思ふ

译者说：此首短歌选自《古今和歌集》第九卷
"羁旅歌"，描写晨雾中目送所爱者出航，船只
逐渐远去，心思一片朦胧之情景。音韵优美，
隐约有一浪漫故事在焉。

195　夕暮时分

　　我的思绪飘荡如

　　云彩的旗帜

　　为我所爱的那

　　高高在天际之人

☆夕暮れは雲のはたてに物ぞ思ふ天つ空なる
人を恋ふとて

译者说：此首短歌选自《古今和歌集》第十一
卷"恋歌"。

他人岂知

我两人

恋情，果有

知情者

其唯枕与衾

☆我が恋を人知るらめやしきたへの枕のみこ
そ知らば知るらめ

译者说：此首短歌选自《古今和歌集》第十一
卷"恋歌"。

拂晓天空，啊

越来越明亮

——一夜共寝，

晨起各自

穿衣悲分离

☆東雲の朗ら朗らと明けゆけばおのがきぬぎぬなるぞ悲しき

译者说：此首短歌选自《古今和歌集》第十三卷"恋歌"。日文原诗中"きぬぎぬ"（音kinuginu，汉字写为"衣衣"或"后朝"），指男女恋人夜间叠衣共寝，次晨各自穿衣别离。平安时代，男女即使成婚也未住在一起。夫妻或恋人相会，皆是男方于天黑后赴女方处，共寝前衣服脱下折好相叠，次日黎明后，男方即须离去。此诗写晨起穿衣，男女恋人衣衣／依依不舍之景，甚为动人。

198 起码多待一会儿吧

当我求你别离去——

你若掉头就走，

我会请前面的木板桥

让你的马断腿

☆待てと言はば寝ても行かなんしひて行く駒
の足折れ前の棚橋

译者说：此首短歌选自《古今和歌集》第十四
卷"恋歌"。底下这首短歌亦选自同一卷——

199 你赠我，作为

下次相会信物的

礼物，于我何用?

见物不见人，

我心依然悲

☆逢ふまでの形見も我は何せむに見ても心の
慰まなくに

200　早知老

将至，闭门

紧锁答

"不在"，

拒它于门外！

☆老いらくの来むと知りせば門さしてなしと
答へてあはざらましを

译者说：此首短歌选自《古今和歌集》第十七
卷"杂歌"，这位深锁"防老门"的无名氏作
者可谓大发奇想的全能保全系统先驱、万能门
锁发明者！底下这首短歌选自第十八卷"杂
歌"，同样奇想大发。这位无名氏作者显然是
高人一筹，"前不见古人，后不见来者"的大
思想家——

201　这世界万古以来

就如此令人

愁吗——

或者为了酬

我一人而变如此？

☆世の中は昔よりやはうかりけむ我が身ひと
つのためになれるか

202　相恋是重荷，

　　若不得

　　相会

　　做扁担，

　　千钧苦难扛

☆人恋ふることを重荷とになひもてあふごなきこそわびしかりけれ

译者说：此首短歌选自《古今和歌集》第十九卷"杂体"，甚为可爱。作者或为一女子，渴盼她的恋人胸怀色胆，勤奋做"担夫"。

203　侍从们，务请

　　告诉你们的主公

　　把笠戴上，宫城野

　　树林里滴落的

　　露珠，比雨还多！

☆みさぶらひ御笠と申せ宮城野の木この下露は雨にまされり

译者说：此首短歌选自《古今和歌集》第二十卷"大歌所御歌"，是东国之民歌，声调铿锵，非常有趣。

斋宫女御（5 首）

斋宫女御（Saigu no Nyogo，929—985），本名徽子女王，别称承香殿女御，平安时代中期女歌人，"三十六歌仙"之一。父亲是醍醐天皇第四皇子、诗文大家重明亲王。她的作品入选敕撰集者共 45 首，其中有 4 首被选入 1006 年编成，继《古今和歌集》《后撰和歌集》之后第三部敕撰和歌集《拾遗和歌集》（此三集合称为"三代集"）；7 首入选《后拾遗和歌集》；12 首入选《新古今和歌集》；《续后撰和歌集》以下计 22 首。她的短歌灵巧动人，如优美的叹息。有私家集《斋宫女御集》。斋宫女御二十岁时嫁给相当于自己叔叔的村上天皇，967 年村上天皇驾崩。此处译的第一首短歌是其哀悼、追念天皇之歌。

204　衣袖亦知

　　秋日夕暮，

　　泪沾袖上，一如

　　浅茅上的露水

　　多么快就消失了啊

　　☆袖にさへ秋の夕べは知られけり消えし浅茅
　　が露をかけつつ

205　山间松风

　　与琴音共振

　　交鸣，不知

　　开始拨动的是

　　哪一根琴弦或风弦？

　　☆琴のねに峰の松風かよふらしいづれのをよ
　　りしらべそめけむ

206　微风啊，你更微

更薄些吧，别让那

美丽的芒草

打结，别让露水

滴湿我衣袖

☆ほのかにも風ははつてなむ花薄むすぼほれ
つつ露にぬるとも

译者说：这是一首"薄"的、"微"的、"弱"
的悲伤之歌。脆弱、伤感的女诗人，希望吹拂
过来的微风更微、更薄些，因为那已开了花的
芒草（日文原诗中"花薄"之谓）以及她自己，
都是薄弱之身，不堪再受凉、受苦，一点点微
风都会扰乱心弦，发出悲哀之鸣……

207　秋日黄昏

最诡谲、怪异——

耳中唯一听见的

居然只是

风吹荻草的声音……

☆秋の日のあやしきほどの夕暮に荻吹く風の
音ぞ聞こゆる

208　梦中与君见

　　暂忘此世忧，

　　寸心虽得慰——

　　以虚为实

　　实可悲……

☆ぬる夢にうつつの憂さも忘られて思ひなぐ
さむ程ははかなき

译者说：此诗为斋官女御在娘家时，梦见村上
天皇以后所作。

141

赤染卫门（7首）

赤染卫门（Akazome Emon，约956—1041），平安时代中期女歌人，"中古三十六歌仙""女房三十六歌仙"之一。父（养父）赤染时用曾任右卫门志、尉，因此被称为赤染卫门。母亲为再婚，生父实为平兼盛。赤染卫门先后仕于藤原道长之妻伦子，以及其女——一条天皇中宫彰子（亦称上东门院）。976年左右，嫁给驰名远近的学者、文人大江匡衡为妻，生有一子举周，一女江侍从（亦为歌人）。赤染卫门是少见的"贤妻良母"型女歌人，贤淑敏捷，相夫教子有成——为丈夫公务出主意，于雪天奔求后妃为儿子谋官职，为病重的儿子舍身求神护佑。也善于社交，与著名才女清少纳言、紫式部、和泉式部等皆有往来。紫式部在《紫式部日记》中称赤染卫门也许不算天赋过人，但歌风优雅高贵，所写短歌——即便是即兴、应景之作，技艺也十分娴熟，每令她愧

叹。其歌作常与和泉式部并称，和泉式部歌风热情，她则稳健、典雅。有私家集《赤染卫门集》，歌作入选《拾遗和歌集》1 首，《后拾遗集》32 首。二十一代敕撰和歌集里共选入 97 首（《金叶和歌集》三奏本除外）。被认为是编年体历史故事《荣花物语》正编的著者。

209　早知道

就断然入寝

不苦苦候君

至夜深

空见月亮西斜……

☆やすらはで寝なましものを小夜更けてかた
ぶくまでの月を見しかな

译者说：此首收于《后拾遗和歌集》，后又被
选入《小仓百人一首》。中关白（藤原道隆）
仍为少将时，与赤染卫门同母异父妹约好晚上
前来幽会，然而爽约，赤染卫门乃代其妹作此
短歌。藤原道隆为女歌人仪同三司母（高阶贵
子）的丈夫。

210　当我看到

秋天野地里的花，

我的心——该怎么

说呢——是全然

满足，或已被迷走？

☆秋の野の花見るほどのこころをばゆくとや
いはむとまるとやいはん

211　不要转向——

暂且把目光留驻在

信太森林上，那

轻快翻动着葛叶的风

也许还会吹回来……

☆うつろはでしばし信太だの森を見よかへり
もぞする葛のうら風

译者说：在和泉式部被丈夫橘道贞离弃后，赤
染卫门听说敦道亲王即刻密访和泉式部示爱，
乃写此短歌给和泉式部，以力显传统保守、稳
定价值的"贤妻良母"代言人身份，劝和泉式
部不要轻举妄动，静候丈夫回心转意。信太森
林，在今大阪府和泉市，葛叶稻荷神社所在的
森林，是和泉国古来知名歌枕，暗指任和泉守
的橘道贞。对于其上东门院保守/务实主义同
侪的好心建议，善感多情的和泉式部回以底下
之短歌，认为前夫对其已心冷、心死，她接受
敦道亲王的爱似无不可——

那秋风似乎

冷冷吹不停呢，

一再翻转

葛叶，仿佛显露

其不悦之颜

☆秋風はすごく吹けども葛の葉のうらみ顔に
は見えじとぞ思ふ（和泉式部）

虽然诚乏儒者之智

或乳汁——

何妨以平和心

尊重此大和之材

留她为奶妈吧！

☆さもあらばあれ大和心し賢くばほそぢに付
けてあらす計ぞ

译者说：《后拾遗和歌集》中收有赤染卫门与夫
婿大江匡衡一组甚有趣的对话短歌。他们家新请
了一位奶妈，但身上能挤出的奶却稀薄得可怜，
一家之主大江匡衡博士于是写了下面这一首评定
奶妈哺乳成绩不及格的短歌。大江匡衡此诗有一
个双关，关键词——日文"ち"兼有"智"（音
chi，智慧）与"乳"（音 chi，乳汁）之意。有别
于以汉学造诣闻名遐迩、难弃儒者吹毛求疵身段
的夫婿，身为"大和"家庭主妇的赤染卫门似乎
比较宽宏大量，愿意将心／胸比心／胸，写了上
面这首以平和为上，建议包容、收容小罩杯奶妈
的短歌回复其夫。大江匡衡诗附译如下——

真不靠谱啊——

没奶没才，居然以为

挤个两三下，就可

跻身为

博士家的奶妈！

☆儚くも思ひけるかなちもなくて博士の家の
乳母せむとは（大江匡衡）

213　我们家松树没标志

不标致——

换作是

别有其香的杉林

就会让你流连了

☆我宿は松にしるしもなかりけり杉むらなら
ばたづねきなまし

译者说：终其一生，"贤妻良母"赤染卫门之贤
与智，不仅"相夫教子"而已，还驭夫有术。
有一回，大江匡衡迷恋上稻荷神社僧侣祢宜的
女儿，多日不归。赤染卫门写了上面这首短歌
让人送到神社，以"家松"和"野杉"（神社常
以杉为神木，周围多古杉）比家中黄脸婆与外
头的标致女。大江匡衡读了吓得半死，回了底
下这首短歌即刻奔回，确保居家心安心松——

我不知你在家

等候，山路

徘徊彷徨，

我迷途

忘返了……

☆人をまつ山路分かれず見えしかば思まどふ
に踏みすぎにけり（大江匡衡）

147

214　去春的

　　　落花

　　　今又枝上新绽——

　　　真希望死别的我们

　　　也能如是再逢……

　　　☆こぞの春ちりにし花は咲きにけりあはれ別
　　　れのかからましかば

　　　译者说：此首短歌写于赤染卫门夫婿大江匡衡
　　　死后的第二年春天。言简意悲情深，底下这首
　　　也是——

215　君在时

　　　我们盼春来——

　　　而今梅、樱

　　　灿放，

　　　有谁共看？

　　　☆君とこそ春来ることも待たれしか梅も桜も
　　　たれとかは見む

紫式部（14首）

紫式部（Murasaki Shikibu，约 970—1014），平安时代中期女性文学家，世界最早的长篇小说《源氏物语》的作者。父藤原为时曾任式部丞和式部大丞，式部之名由此而来。1001 年丧夫寡居，开始创作《源氏物语》，1006 年左右，出仕一条天皇中宫彰子。她也擅长于和歌的创作，《源氏物语》中有 795 首短歌，私家集《紫式部集》收短歌 120 余首，有 60 余首作品被收入各敕撰和歌集中，是"中古三十六歌仙""女房三十六歌仙"之一。另著有《紫式部日记》。此处所译第 218 首短歌明白彰显日本文学之"物哀"传统，见山樱花灿放，说"愿其永如是"，恰是忧美好事物之无法长存。《古今和歌集》汉文序谈到咏歌之必要时，说："人之在世，不能无为，思虑易迁，哀乐相变。感生于志，咏形于言。是以逸者其声乐，怨者其吟悲。可以述怀，可以发愤。……若夫春莺之啭花中，秋

蝉之吟树上，虽无曲折，各发歌谣。物皆有之，自然之理也。"这些说法和中国古代诗学——譬如钟嵘《诗品》序中所说"若乃春风春鸟，秋月秋蝉，夏云暑雨，冬月祁寒，斯四候之感诸诗者也"——相通。诗人觉秋虫鸣声渐弱却难以歇止（第219首短歌），闻夏虫为孤寂之日哀哀鸣哭（第220首短歌），皆"四候之感诸诗者也"。

216　有人走过，

我还在想是否

是他，

他已如夜半的月

隐于云中

☆めぐり逢ひて見しやそれともわかぬまに雲
がくれにし夜半の月かな

译者说：此诗收于《新古今和歌集》第十六卷
"杂歌"，后亦被选入知名选集《小仓百人一首》。

217　美哉吉野，

笼罩于早春

雾霭中，

厚厚的草丛

还压在雪下

☆み吉野は春のけしきにかすめども結ぼほれ
たる雪の下草

218　处身世界中，

何忧之有？

山樱花在我

眼前灿放，

愿其永如是……

☆世の中をなになげかまし山ざくら花見るほ
どの心なりせば

219　鸣声渐弱，

篱笆上的虫

却难以歇止：

是否也感受

秋天的离愁？

☆なきよわる籬の虫もとめがたき秋のわかれ
や悲しかるらむ

220　　我只能以泪

　　　送孤寂的夏日，

　　　虫鸣哀哀，

　　　那也是你们

　　　哭泣的借口吗？

　　　☆つれづれとわが泣き暮らす夏の日を託言が
　　　ましき虫の声かな

　　　译者说：此诗选自《源氏物语》第四十一帖“幻”。

221　　明月向西行，

　　　我怎能不

　　　以月为信，

　　　向你谈谈我的近况

　　　或路过的云？

　　　☆西へ行く月の便りにたまづさのかき絶えめ
　　　やは雲のかよひぢ

153

222　女郎花的颜色，

　　我现在看到，正是

　　最美最盛时——我深知

　　露珠知其与我

　　美丑有别……

　　☆女郎花さかりの色を見るからに露のわきけ
　　る身こそ知らるれ

　　译者说：此诗与下一首诗皆选自《紫式部日记》。
　　女郎花是多年生草本植物，秋天时开黄色小花。

223　水鸟

　　漂游于

　　水之上，

　　我亦在浮世中

　　度过

　　☆水鳥を水の上とやよそに見む我も浮きたる
　　世を過ぐしつつ

224　　就让滴滴露珠

　　　　把站着的我们

　　　　弄湿吧，当我们在

　　　　片冈山森林

　　　　等待杜鹃鸟鸣

　　　　☆時鳥声待つほどは片岡の森の雫に立ちや濡
　　れまし

225　　噢杜鹃鸟，

　　　　你现在谁家

　　　　访问啊，

　　　　我的心等得

　　　　快枯竭了……

　　　　☆誰が里もとひもや来るとほととぎす心の限
　　り待ちぞわびにし

226   我想和你见面，我

心中如此想：不知

你住的松浦那地方的

镜神，在天上

看到了我的心思吗？

☆あひ見むと思ふ心は松浦なる鏡の神や空に
見るらむ

227   在众神的年代

也有像今日这样

折下一枝山樱

插在头上

当你的发饰吗？

☆神代にはありもやしけむ山桜今日のかざし
に折れるためしは

228　你看看被泪

　　　所染的我袖子的

　　　颜色：

　　　仿佛深山里

　　　湿潮的红叶

　　　☆露深く奥山里のもみぢ葉にかよへる袖の色
　　　を見せばや

229　不知我心久历的

　　　世间之忧，

　　　一片片飘积于

　　　我荒芜庭园的

　　　冬日第一场雪……

　　　☆ふればかく憂さのみまさる世を知らで荒れ
　　　たる庭に積もる初雪

157

和泉式部（43首）

　　和泉式部（Izumi Shikibu，约974—约1034），平安时代中期女歌人，是"中古三十六歌仙""女房三十六歌仙"之一。越前守大江雅致之女，十九岁时嫁给比她年长十七岁的和泉守橘道贞为妻，次年生下女儿小式部。不久进入宫内，仕于一条天皇的中宫彰子，与为尊亲王、敦道亲王兄弟先后相恋，后嫁于丹后守藤原保昌。她为人多情风流，诗作感情浓烈，自由奔放，语言简洁明晰，富情色亦富哲理，是日本诗史上重要女诗人。她的短歌鲜明动人地表现出对情爱的渴望。与谢野晶子1901年出版的短歌集《乱发》，书名即源自此处译的第一首和泉式部的短歌。她另有著名的《和泉式部日记》，记述其于为尊亲王去世后，与敦道亲王相恋的爱情故事，当中缀入了短歌。和泉式部处于日本和歌史上以《后撰和歌集》为代表的时期，也是物语、日记与随笔文学盛行，女性作家辈出

的年代。她与《枕草子》作者清少纳言、《源氏物语》作者紫式部并称平安时代"王朝文学三才媛"。女儿小式部内侍亦擅短歌，亦为"女房三十六歌仙"之一，1025年在生产时骤逝，令和泉式部极感悲伤。在从《古今和歌集》至《新续古今和歌集》，五百多年间编成的二十一部敕撰和歌集（"二十一代集"）中，和泉式部有245首歌作入选，是名实合一的日本"王朝时代"首屈一指的女歌人。另有私家集《和泉式部集》《和泉式部续集》。

230 独卧，黑发

乱如思绪，

我渴望那

最初

梳它的人

☆黒髪の乱れも知らず打臥せばまづかきやり
し人ぞ恋しき

231 被盛开的梅花香

惊醒，

春夜的

黑暗

使我充满渴望

☆梅が香におどろかれつつ春の夜の闇こそ人
はあくがらしけれ

232　在春天

　　唯独我家

　　梅花绽放，

　　离我而去的他这样

　　起码会来看它们

　　☆春はただわが宿にのみ梅咲かばかれにし人
　　も見にと来なまし

　　译者说：在此首短歌中，诗人庆幸新绽放的梅
　　花能为她诱来其"花心"、移情别恋的恋人，
　　但在底下这首短歌中，春花的魅力似乎衰退了，
　　应该不是梅花、樱花有别吧——

233　在我家

　　樱花开放

　　无益：

　　人们来看的是

　　他们的情人

　　☆我が宿の桜はかひもなかりけりあるじから
　　こそ人も見にくれ

234 岩间的杜鹃花

我摘回观赏，

它殷红的色泽

恰似我爱人

穿的颜色

☆岩躑躅をりもてぞ見るせこが着し紅ぞめの
色に似たれば

235 竹叶上的

露珠，逗留得

都比你久——

拂晓消失

无踪的你！

☆晨明におきて別れし人よりは久しくとまる
竹の葉の露

译者说：此短歌写春宵苦短，缠绵未已，拂晓
别离之痛。日本古代男女幽会，都必须在天亮
前分手。

236 被爱所浸，被雨水所浸，

如果有人问你

什么打湿了

你的袖子，

你要怎么说？

☆斯ばかり忍ぶる雨を人とはば何にぬれたる
袖といふらむ

译者说：此首短歌系和泉式部答某男子者；该
男子与她幽会，在大雨中离去，翌晨写来一诗，
谓遭雨淋湿。

237 我把粉红樱桃色的

衣服收到一边，

从今天起

开始等候

布谷鸟的出现

☆桜色に染めし衣をぬぎかへて山郭公けふよ
りぞまつ

238　放晴已无望，

四下尽是悲伤，

心底的

秋雾升起——

就这样吗？

☆晴れずのみ物ぞ悲しき秋霧は心のうちに立
つにやあるらん

239　"深觉生命饱满。"你说。

但我怎能确信？

这无常的人世

牵牛花最

清楚

☆ありとてもたのむべきかは世の中を知らす
る物は朝がほの花

240　　我们来到了

　　　　尽头，一切

　　　　何其短暂——

　　　　露水沾湿这萩花，

　　　　多希望你开口要！

　　　　☆限あらむ中ははかなくなりぬ共露けき萩の
　　　　上をだにとへ

　　　　译者说：和泉式部将此首短歌附于一枝萩花上，
　　　　送予某人。

241　　虽然我们相识

　　　　而我们的衣服

　　　　未曾相叠，

　　　　但随着秋风的响起

　　　　我发觉我等候你

　　　　☆秋風の音につけても待たれつる衣かさぬる
　　　　中ならねども

242　我该不该问？

　　请坦白说出，

　　噢都鸟，

　　告诉我

　　京都之事

☆言問はばありのまにまに都鳥みやこのことを我に聞かせよ

译者说：在往和泉国路上，有一夜，和泉式部闻都鸟鸣噭，因作此短歌。

243　我的思绪随

　　轻烟飞上

　　天际：有一天

　　我会如是

　　出现人前

☆立ちのぼる煙につけて思ふかないつまた我を人のかく見ん

译者说：写此诗时，和泉式部正隐于一山寺，见有人出葬。

244 你为什么逸入

虚空？

即便易碎的雪，

方其落时，

也落在这世上

☆などて君むなしき空にきえにけんあは雪だ
にもふればふるよに

译者说：此首短歌为和泉式部悼早逝的亡女小
式部之诗。底下的这首，是她看到她的外孙（即
小式部所生的孩子）后，悲从中来所写的。同
样令人感动——

245 弃你的孩子与

我而去，你会为

谁心更悲？你当会

更想你的孩子，

一如我想你……

☆とどめおきて誰をあはれと思ふらむ子はま
さるらむ子はまさりけり

246　听人说死者

今夜归来，

你却不在这里。

我住的地方

当真是无魂之屋？

☆亡き人の来る夜と聞けど君もなし我が住む里や魂なきの里

译者说：此首短歌写于除夕晚上，诗中的"你"指敦道亲王，这是和泉式部悼念他的诗。

247　快来吧，

这些花一开

即落，

这世界的存在

有如花朵上露珠的光泽

☆とうを来よ咲くと見るまに散りぬべし露と花とのなかぞ世の中

248　别假装了！

你不知是谁，

他却夜夜

入你梦中。

那人除我无他

☆おぼめくな誰ともなくて宵々に夢に見えけ
ん我ぞその人

译者说：此短歌以一男子口吻写其初访一女
子之事，底下则是诗人所拟的女方之答复——

249　雪自下方融化

为绿草开裂，

多想遇见我

思念的

那不凡之人

☆下消ゆる雪間の草のめづらしく我が思ふ人
に逢ひ見てしがな

250　今天，世上

　　所有的东西

　　都非凡。

　　我们的

　　第一个早晨！

　　☆世の常の事とも更に思ほえず始めてものを
　　思ふあしたは

251　渴望见到他，渴望

　　被他见到——

　　他若是每日早晨

　　我面对的镜子

　　就好了

　　☆見えもせむ見もせむ人を朝ごとにおきては
　　むかふ鏡ともがな

252　此心非

　　夏日野地

　　然而——

　　爱的枝叶长得

　　何其茂密

　　☆わが心夏の野辺にもあらなくにしげくも恋
　　のなりまさるかな

253　此心

　　想念你

　　碎成

　　千片——

　　我一片也不丢

　　☆君こふる心はちゞに砕くれど一もうせぬ物
　　にぞありける

254　子夜

看月，

我好奇

他在谁的村里

看它

☆さ夜中に月を見つつもたが里に行き留りて
も眺むらむとは

255　我耗尽我身

想念那

没有来的人：

我的心不复是心

如今成深谷

☆いたづらに身をぞ捨てつる人を思ふ心や深
き谷となるらん

256　这世上

　　并没有一种颜色

　　叫"恋"，然而

　　心却为其深深

　　所染

　　☆世の中に恋といふ色はなけれども深く身に
　　しむ物にぞありける

257　人以身

　　投入爱情

　　如同飞蛾

　　扑向火中

　　却甘愿不知

　　☆人の身も恋にはかへつ夏虫のあらはに燃ゆ
　　と見えぬばかりぞ

173

258　这扬起的

秋风里藏着

什么颜色，能

触动我心

将其深染？

☆秋ふくはいかなる色の風なれば身にしむば
かりあはれなるらん

259　白露与

梦，与浮世

与幻影——

比诸我们的爱

似乎是永恒

☆白露も夢もこの世もまぼろしもたとへてい
へば久しかりけり

260　我不能说

　　　何者为何：

　　　闪闪发光的

　　　梅花正是

　　　春夜之月

　　　☆いづれともわかれざりけり春の夜は月こそ
　　　花のにほひなりけれ

261　一点声音都无

　　　是苦事，然而

　　　如果挪近身子说

　　　"真吵！"定有

　　　讨厌的人在焉

　　　☆音せぬは苦しき物を身に近くなるとて厭ふ
　　　人もありけり

262 "去割摘芦苇吧！"

我不作此想——

山峰上长出的

唯有哀愁

而我……

☆あしかれと思はぬ山の峯にだに生ふなる物
を人の歎きは

263 别无二样，确然——

夏蛾

灼灼的燃烧

以及因爱变形的

此身

☆人の身も恋にはかへつ夏虫のあらはに燃ゆ
と見えぬばかりぞ

264　何其轻易地

　　　他从我的房子离去，

　　　快步切断

　　　秋叶铺成的

　　　织锦

　　　☆我が宿のもみぢの錦いかにして心安くは
　　　たつにかあるらむ

265　不管今年樱花

　　　如何怒放，

　　　我将带着满怀

　　　梅花香

　　　看它们

　　　☆まさざまに桜も咲かむみには見む心に梅の
　　　香をば偲びて

266 我的心思
万种，
但衣袖
全湿——
一也！

☆さまざまに思ふ心はあるものをおしひたす
らに濡るる袖かな

267 想着在梦中
与你相见，
我不断移动
枕头，全然
无法入眠……

☆夢にだに見えもやするとしきたへの枕動き
ていだにねられず

268　这忧愁之世

　　谁能慰我？

　　除了无心，无意，

　　不在我身边的

　　你啊……

　　☆憂世をもまた誰にかは慰めむ思ひ志らずも
　　とはぬ君かな

269　河边的萤火虫，

　　仿佛我的

　　灵魂，从满溢

　　渴望的我的

　　身躯飞离……

　　☆物おもへば沢の蛍も我が身よりあくがれい
　　づる魂かとぞみる

　　译者说：此诗为追念已逝的敦道亲王之作。

270　　即便如今我只

　　　　见你一回，

　　　　我将生生

　　　　世世

　　　　想你

　　　　☆世世を経て我やはものを思ふべきただ一度
　　　　の逢ふことにより

271　　何者为佳——

　　　　爱一个

　　　　死去的人，

　　　　或者活着时

　　　　彼此无法相见？

　　　　☆亡き人をなくて恋ひむと在りながらあひ見
　　　　ざらむといづれ勝れり

272   久候的那人如果

真来了，

我该怎么办？

不忍见足印玷污

庭园之雪

☆待つ人の今も来たらばいかがせむ踏ままく
惜しき庭の雪かな

译者说：此首短歌微妙地暴露出在情爱之美与
自然之美间抉择的两难，但其实对敏感多情的
女诗人而言，两者可能是合二为一的。

小式部内侍（3 首）

　　小式部内侍（Koshikibu no Naishi, 999—1025），
平安时代中期女歌人、掌侍，“女房三十六歌仙”之
一。父为橘道贞，母为和泉式部。1009 年左右，和
泉式部出仕一条天皇中宫彰子时带着她一起在宫内，
为与母名有别，被称为“小式部”。小式部与其母一
样，情史颇丰——先为堀河右大臣藤原赖宗的爱人，
后成为其弟二条关白藤原教通之妾，为其生一子。再
与藤原范永生下一女。1025 年 11 月，为藤原公成产
下一男婴后死去，得年二十七岁。歌人藤原定赖据传
也曾与她交往。小式部有 8 首作品被选入《后拾遗和
歌集》以降的敕撰和歌集里。

273 往大江山

与生野之路

迢遥，岂能

有幸立马瞧见

有信从天桥立来？

☆大江山いく野の道の遠ければまだふみもみ
ず天の橋立

译者说：此首收于《金叶和歌集》，后又被
选入《小仓百人一首》的著名短歌是小式部
十四五岁之作，充分可见其才气与机智。小式
部的母亲和泉式部再婚，随丈夫藤原保昌到丹
后赴任时，都城有一"赛歌会"，小式部亦为
参赛歌人。中纳言藤原定赖到小式部居处揶揄
她："歌作如何？派人去丹后了吗？令堂有回
复了吗，很着急吧？"言毕欲离去，小式部拉
住他，即兴咏出此歌，巧妙地用了三个相关地
名与双关语回击他，显示自己歌才无碍，无需
母亲之助。大江山，在丹波、丹后境内，即今
京都西京区大枝山。生野，在丹波天田郡（今
京都福知山市）。天桥立，丹后与谢郡（今京
都官津市）名胜，日本三景之一。"生野"（音
ikuno，地名）与"行く野"（iku no，前往野外）
为"挂词"（双关语）。日文原诗下半句中的"ふ
み"（fumi）亦为挂词，兼有"踏み"（fumi，踏、
踩）与"文"（fumi，书信）之意。

274　春来无处

不飞花——樱花

岂独白川有?

我家园内

亦缤纷……

☆春のこぬところはなきを白川のわたりにの
みや花はさくらむ

译者说：此诗前书"二条关白遣人来说'同往
白川赏花去'，乃作此歌"。收于《词花和歌
集》。二条关白即藤原教通（996—1075），小
式部生命中的男人之一，小式部曾为他生下一
子。白川在今京都市左京区，为赏樱花著名地
点。小式部希望自己的爱人爱自己胜过爱花，
情愿他到她住处与其相会、相好，而不愿外出
看花，遂回此短歌。

275　我哀叹又哀叹

　　　心焦欲断魂，

　　　众目睽睽矣，非

　　　妾身不愿登门

　　　问你安否

　　☆死ぬばかり嘆きにこそは嘆きしか生きて問
　　ふべき身にしあらねば

　　译者说：此诗前书"二条前大臣近日生病，渐
　　康复好问说'何以不来探视我?'"。收于《金
　　叶和歌集》。二条前大臣即藤原教通。小式部
　　以此缠绵、娇怨短歌答其恋人，一方面显露自
　　己缺乏名分之尴尬身，一方面可能想以软语诱
　　他快来访。

西行法师（19首）

西行法师（Saigyo Hoshi，1118—1190），平安时代末期至镰仓时代初期的武士、僧侣、歌人。俗名佐藤义清。家族是纪伊国那贺郡（今和歌山县）领有广大庄园的佐藤一族。父亲是左卫门尉佐藤康清，母亲是监物源清经女。西行曾仕鸟羽太上皇，为其"北面武士"。二十三岁（1140）时舍官、抛妻、弃子出家，在鞍马、嵯峨与京都周边结庵，法名圆位，后称西行。二十六岁时离开京都开始其全国行脚，访奥羽北陆及各地歌枕。1149年入高野山，尔后三十年以高野山为基点，游历行吟全国各地。1186年，六十九岁时，为筹措东大寺重建经费，开始其生平第二次奥羽之旅，拜访镰仓的源赖朝、平泉的藤原秀衡。1187年回京都后，以诗歌和藤原俊成、藤原定家父子等交往。晚年结庵于河内弘川寺，于1190年2月16日圆寂，享年七十三。一生和歌创作据传约有2300首，私家集《山

家集》收西行歌作约 1500 首。敕撰集《新古今和歌集》收其歌 95 首，为最多者。"二十一代集"总计选入其 267 首作品。另有关于其生平与歌作故事的《西行物语》，完成于镰仓时代，作者不详。西行是日本文学史上的重要人物，因出家、四处游吟，得以接触各阶层民众，活泼其思想、行止，将山水之美、自然之魂融入其诗歌与修行中，对五百年后的"俳圣"松尾芭蕉启发很大。有别于藤原定家等重"幽玄之美"的主流歌风，西行的语言相对素朴、率直，而具异端之姿。许多人认为他是《万叶集》柿本人麻吕后最伟大的和歌作者。

276 路边柳荫下

清水潺潺，小歇

片刻——

不知觉间

久伫了

☆道の辺に清水流るる柳かげしばしとてこそ
たちどまりつれ

译者说：西行二十三岁出家，1143年（二十六岁）
春天开始其第一次奥羽（日本东北地区）之旅，
10月抵平泉，翌年3月绕至出羽国。西行一生
此种"在路上"体验自然与人生诸般情景，兴
而歌咏、纪游的行吟诗人身影，对包括芭蕉在
内的东、西方世界后来写作者启发甚大。

277 牢固于

岩缝中的冰

今晨开始融化了——

苔下的水，正接力

找出一条小通道……

☆岩間とぢし氷も今朝はとけそめて苔の下水
みちもとむらん

188

278 梦中，樱花

纷纷被

春风吹落——

醒来后，我的

心依然骚动……

☆春風の花を散らすと見る夢は覚めても胸の
さわぐなりけり

译者说：西行出家原因后世有各种揣测。有谓
因见好友佐藤宪康猝逝而感人世无常，有谓因
恋慕高贵女性未有回报内心伤悲，有谓因对时
局、对宫廷斗争之忧虑，以及他情系自然，一
心求佛、求生命自在超脱之抉择。如果是爱情
之故，那让他饱尝失恋之痛的女子应是崇德上
皇中官、长他十七岁的待贤门院藤原璋子了。
而此处的这首诗就可视为追念苦恼之爱或爱之
苦恼的恋歌了。

279　啊吉野山，我将舍

去年折枝为记的

旧道，往未曾

到过的方向

寻访樱花！

☆吉野山こぞのしをりの道かへてまだ見ぬか
たの花をたづねむ

译者说：西行一生咏樱花之歌多达两百余首，
或成组，或单首，题目、情境缤纷多样——咏
花之歌、咏落花歌、花歌、即兴咏花歌、梦中落
花、风前落花、雨中落花、远山残花、山路落花
等。二十九岁时，他结草庵于吉野山，深入山
中寻看不同樱花之美，此首花歌即为其一。

280　自从彼日见

吉野山上

樱花缀满枝头，

我的心便

离我身而去

☆吉野山梢の花を見し日より心は身にも添は
ずなりにき

281　何以我

被花所染之心

仍在，当

此身已决意

弃绝爱？

☆花に染む心のいかでのこりけむ捨て果てて
きと思ふわが身に

282　即便看破红尘者

也能感受

此哀愁——秋暮

泽畔，一只鹬鸟

突然飞起

☆心なき身にもあはれは知られけり鴫しぎた
つ沢の秋の夕暮

译者说：此诗为西行名作。《新古今和歌集》
有三首写"秋之夕暮"，被后世称为"三夕"
之作，此为其一。后面这首短歌情调接近，也
被《新古今和歌集》所录——

283　即便最

无感之人，

第一阵秋风

起兮，

也不胜唏嘘……

☆おしなべてものを思はぬ人にさへ心をつく
る秋のはつ風

284　好像在说"悲叹吧！"

月亮如是引人

愁思乎？非也——

我仍故作愠色

泪流满面……

☆嘆けとて月やは物を思はするかこち顔なる
わが涙かな

译者说：此首收录于《千载和歌集》中的恋
歌，后来也被选入藤原定家编的《小仓百人
一首》中。

285 这世界若无

落花或

被云所遮之月，

我就不能

享受忧郁了……

☆花散らで月は曇らぬ世なりせば物を思はぬ
わが身ならまし

译者说：此诗为诗人反面之语——他心觉哀愁、
忧郁，正因为见落花与月被云所遮，感伤美好
的事物不免凋落或被遮蔽。

286 分别后

你的面影

难忘——

每回对月，

犹见你的姿韵……

☆面影の忘らるまじき別れかな名残を人の月
にとどめて

译者说：西行一生写了不少恋歌，此首与后面
两首应该都是他二十几岁之作——

287　如今我明白了，

　　　当她誓言将

　　　长相忆时，

　　　不过是委婉地说

　　　会将我淡忘……

　　　☆今ぞ知る思ひ出でよと契りしは忘れむとて
　　　のなさけなりけり

288　这让人憎厌的

　　　人世

　　　不值得活的——

　　　唯你在其中

　　　我愿苟活

　　　☆とにかくに厭はまほしき世なれども君が住
　　　むにもひかれぬるかな

289　年迈之身

几曾梦想能

再行此山路？

诚我命也，

越佐夜中山

☆年たけてまた越ゆべしと思ひきや命なりけりさやの中山

译者说：西行六十九岁（1186）时，为了东大寺重建劝募"砂金"（作为经费）之事，而有了生命中第二次奥羽之旅。此诗为其出发往关东，再越佐夜中山时之作。佐夜中山（又称小夜中山），在今静冈县挂川市附近，曩昔从京都入关东三大险处之一。老迈的西行在行路难的昔日做此危险之旅，定抱着必死之心。如梦般能安然过关，真是苦命（跋涉）中的好命。同为行吟诗人，一生浪迹各地，以西行法师为师的俳圣芭蕉，1676 年夏过佐夜中山时写了下面此首俳句"命なりわづかの笠の下凉み"（命也——仅余／斗笠下／一小块荫凉），呼应西行。

290   山中强风稍歇

稍歇时

听到的水之音，

是孤寂草庵的

友伴

☆水の音はさびしき庵の友なれや峯の嵐の絶
え間絶え間に

译者说：此首西行短歌里的水之音（水の音），
似乎为数世纪后芭蕉那首著名"蛙俳"里的水
声（"古池や蛙飛びこむ水の音"［古池——／
青蛙跃进：／水之音］）先定了音。

196

291　富士山的烟

随风消失

于空中：一如

我的心思，上下

四方，不知所终……

☆風に靡く富士の煙の空に消えて行方も知ら
ぬわが思ひ哉

译者说：此诗亦为西行六十九岁第二次奥羽之
旅，关东途中所咏。收录于《新古今和歌集》中，
前书"于关东地区修行时，见富士山而成之作"。
修行即指为东大寺重建"砂金劝进"一事。此
首歌颂"空"之作，是晚年西行自在、自信、
自叹之歌，许多人认为是西行一生中最高杰作
之一。人的心思与空中烟风，现实与梦，真与
幻……是否一样不确定，一样空？他早在底下
第292首短歌里即如是自问。

292　既然我坚信

现实非

现实——我要

怎么承认

梦是梦……

☆現をも現とさらに思へねば夢をも夢となに
か思はん

293　愿在春日

花下

死，

二月十五

月圆时

☆願はくは花の下にて春死なむその如月の望月の頃

译者说：此首去世多年前写的短歌可视为西行辞世之作，日文原诗中"如月"指阴历二月，"望月"指月圆时，"如月の望月"即阴历二月十五日，也是佛陀释迦牟尼入灭日。西行希望自己能在仲春圆月夜樱花树下死去，果然，佛从其愿，他在文治六年（1190）2月16日辞世。樱花与月应是西行一生行旅游吟的两大主题，在此诗中两者圆满地结合了，而诗人生前也早与花月、与自然融为一体，知花月之荣枯、开落、盈亏即此无常尘世恒常之真理，如底下第294首短歌所示。

294　此身若非被

花色

所染——岂能生

今日之

顿悟

☆思ひかえす悟りや今日はなからまし花に染めおく色なかりせば

寂莲法师（6首）

寂莲法师（Jakuren Hoshi，约1139—1202），平安时代末期至镰仓时代初期的僧侣、歌人。俗名藤原定长，僧俊海之子，由伯父藤原俊成抚养长大，是藤原定家的堂兄。官至从五位上，中务少辅。1172年，三十几岁时出家，而后行脚各地，探访河内、大和等处歌枕。似乎曾于高野山修行。1190年至出云大社参诣，并游历王畿以东诸郡国。晚年居住于嵯峨，后鸟羽天皇赐他播磨国明石领地，极赞其能幽玄、能狂逸的多样歌艺，选为《新古今和歌集》编撰人之一，但未成而于1202年去世。他是后鸟羽院歌坛活跃的歌人，经常出席相关"歌合"（和歌赛）活动。有私家集《寂莲法师集》。《千载和歌集》以降各敕撰和歌集共选入117首他的歌作。

295 秋暮，

骤雨方过，

杉树叶上雨滴

仍未干——雾

已静静升起……

☆村雨の露もまだ干ぬ槙の葉に霧立ちのぼる
秋の夕暮

译者说：此首收录于《新古今和歌集》中的秋
歌，后来也被选入藤原定家编的《小仓百人一
首》中。

296 孤寂非因

其色泽——

杉树丛立的

青山，

秋之夕暮

☆さびしさはその色としもなかりけり槙立つ
山の秋の夕暮

译者说：此诗为《新古今和歌集》中写"秋之
夕暮"、被后世称为"三夕"的三首名作之一。
另两首为西行与藤原定家之作。参见本书第
282首、314首。

297　风中

花香飘逸——

是让人忆起往昔的

今日园中

橘花吗？

☆吹く風に花たちばなや匂ふらむ昔おぼゆる
今日の庭かな

译者说：虽然寂莲在此首短歌前书中引了《妙
法莲华经》"栴檀香风，悦可众心"（檀香树的
香气，可以让众心喜悦）一句，似乎与佛有关，
但读起来觉得更像是一首情诗或怀人的抒情
诗。收于《新古今和歌集》里的这首短歌，让
人遥忆起《古今和歌集》中无名氏所写的五月
橘花香（参见本书第191首）。

298　啊，我恋火中烧

犹如藏萤火虫

于袖中——想披露

心事，却无人来

问我是否为爱受苦

☆思ひあれば袖に蛍をつつみても言はばや物
をとふ人はなし

299　园里的蜗牛啊

不要去惹那小牛，

不要以为你同样有

两只角

就可以随意招摇！

☆牛の子にふまるな庭のかたつふり角ありとても身をなたのみそ

译者说：这首收录在《寂莲法师集》里的短歌，像儿歌或童诗一样，非常天真可爱。蜗牛和小牛，名字同样有一个"牛"，但一大一小，大不同，挑衅不得！

300　我们弯腰

采不老田野里的

嫩菜养生——结果

加倍弯腰

驼背！

☆つむ人は腰も二ヘになりにけり老いせぬ野辺の若菜なれども

译者说：这首收录在《寂莲无题百首》里的短歌，匕首般鲜锐精悍，令人莞尔，颇有另类短歌——"狂歌"——滑稽、戏谑之趣。

式子内亲王（10首）

式子内亲王（Shikishi Naishinno, 1149—1201），平安时代末期至镰仓时代初期的歌人。"新三十六歌仙""女房三十六歌仙"之一。后白河天皇的第三皇女。母亲是大纳言藤原季成之女藤原成子。式子随二条天皇即位（1159年）入贺茂斋院，为负责斋祭、侍神的未婚皇女，因此又有"萱斋院""大炊御门斋院"之称。1169年因病退下。她拜歌人藤原定家之父藤原俊成学习和歌，但很少参与宫廷歌坛相关活动。1181年以后，年方二十的藤原定家经常出入其御所，两人间每有唱和赠答之作。她终身未婚，1190年左右出家，法名"承如法"。1201年元月去世，享年五十三岁。有私家集《式子内亲王集》。《新古今和歌集》收其歌作49首，仅次于西行法师、慈圆法师、藤原良经、藤原俊成，比藤原定家多3首，是女歌人中最多者。她总共有157首歌作被选入《千载和歌集》以降各敕

撰和歌集里。二十世纪名诗人萩原朔太郎，称式子内亲王的歌作"一方面才气横溢、富于机智，一方面感情浓烈、如火燃烧；以极度精致的技巧，包覆其饱满的诗情。一言以蔽之，她的歌风乃藤原定家'技巧主义'与《万叶集》歌人热情的混合，是《新古今和歌集》歌风确切的代表者"。

301　山深

不知春——

融雪断断续续

滴珠于

松木门上

☆山深み春とも知らぬ松の戸に絶え絶えかかる雪の玉水

译者说：此诗收于《新古今和歌集》第一卷"春歌"。

302　今晨，我看见

风吹过我家园中

树梢：

地上——一层层

非寻常之雪

☆今朝みればやどの木ずゑに風過ぎてしられぬ雪のいくへともなく

译者说：此首春歌选自《式子内亲王集》，诗中"非寻常之雪"，指的是散落的樱花。

303　睡梦中追忆那

　　　不可追的

　　　逝水年华……

　　　醒来，

　　　枕畔橘花香轻溢

　　　☆かへりこぬ昔を今と思ひ寝の夢の枕ににほ
　　　ふ橘

　　　译者说：此诗收于《新古今和歌集》第三卷
　　　"夏歌"，明显呼应《古今和歌集》里无名氏所
　　　作的那首著名咏橘花香之歌（参见本书第 191
　　　首），是藤原定家倡扬的"本歌取"（取用、化
　　　用古典短歌之句）理论的实践。底下的两首短
　　　歌选自《式子内亲王集》，亦与花香（及爱情
　　　或忌妒）有关——

304　在谁的村子里

　　　意外触到了梅花？

　　　香味如此

　　　鲜明地移至

　　　你袖上……

　　　☆誰が里の梅のあたりにふれつらん移香著き
　　　人の袖かな

305 带有爱的色泽的

梅花——

它们的香味

留在你衣服上

鲜明，不灭……

☆梅花恋しきことの色ぞそふうたて匂の消え
ぬ衣に

306   桐叶满园，

要踏过

已难矣——

但你知道，我没在

等什么人啊……

☆桐の葉も踏みわけ難くなりにけり必ず人を
待つとなけれど

译者说：此诗收于《新古今和歌集》第五卷"秋
歌"，甚为微妙。说"我没在等什么人"，恰
恰是想着、等着什么人。满园桐叶积堆成"美
的栅栏"，等候的人不来也没关系（啊，真的
吗？），因为落叶阻挡了来路。但实情可能是怨
久候的人迟迟不来（参见本书第272首和泉式
部诗）。式子内亲王据说与小她十三岁的歌人
藤原定家姊弟恋。她向藤原定家之父藤原俊成
学和歌，据传她又是藤原定家之师，时有和歌
往来，互传心意。可能因地位比男方高，无缘
结合。此诗是日本敕撰和歌集中首见的咏梧叶
之作，或受白居易《晚秋闲居》"秋庭不扫携
藤杖，闲踏梧桐黄叶行"诗句启发，可以相信
式子内亲王颇通汉文典籍。有趣的是藤原定家
的家集《拾遗愚草》里也有一咏梧叶之作，成
诗时间比式子内亲王早——"夕まぐれ風吹
きすさぶ桐の葉にそよ今さらの秋にはあらね
ど"（大意：秋日晚风，习习吹拂眼前桐叶……）。

307　我袖子上的

　　颜色，已足引人

　　物议——我不在乎！

　　只要你明了我的

　　深深思念……

　　☆袖の色は人の問ふまでなりもせよ深き思ひ
　　を君し頼まば

　　译者说：此诗收于《千载和歌集》第十二卷
　　"恋歌"。

308　各色花朵与

　　红叶——

　　随它们去吧：

　　冬日深夜的

　　松风之音已足矣

　　☆色々の花も紅葉もさもあらばあれ冬の夜ふ
　　かき松風の音

　　译者说：此诗收于《式子内亲王集》里。

309　櫻花已落尽，

举目，不见

任何花色——

空中

春雨濛濛……

☆花は散りその色となくながむればむなしき
空に春雨ぞ降る

译者说：此诗收于《新古今和歌集》第二卷"春
歌"，可能是式子内亲王死前半年所作。平安
时代告终，她自己也将不久于人世，读起来有
点像哀歌。

310　像穿玉的细绳，

要断的话，就快断吧

我的生命——

再活下去，怕无力隐藏

那秘密恋情……

☆玉の緒よ絶えなば絶えねながらへば忍ぶる
ことの弱りもぞする

译者说：此诗有题"秘恋"，收于《新古今和
歌集》第十一卷"恋歌"，亦被选入藤原定家
所编《小仓百人一首》中。把"穿玉的细绳"（玉
の緒）变成断头台之绳，这首带着自虐快感的
惊悚之作颇具藤原定家所谓的"妖艳美"。这
首情诗也许就是写给藤原定家的。

藤原定家（7首）

　　藤原定家（Fujiwara no Teika，1162—1241），平安时代末期至镰仓时代初期的歌人。父亲为著名歌人藤原俊成，歌人寂莲为其堂兄。年轻时即展现和歌天赋，官至正二位，权中纳言。奉后鸟羽上皇命，参与编撰《新古今和歌集》，又奉后堀河天皇命独自编纂《新敕撰和歌集》。担任宫廷相关歌会评判，为宫廷歌坛第一人。他先与藤原季能女结婚，生下长子藤原光家；后离婚，于1194年左右与西园寺实宗女结婚，生下女儿藤原因子、儿子藤原为家。三位子女亦皆为歌人。他于七十二岁（1233年）时出家，1241年8月去世，享年八十一岁。藤原定家是《新古今和歌集》歌风形成的主要推动者之一。提倡强调主观、强调创作主体之感受的"有心体"，主张在作歌时对所咏对象尽情投入。承续其父"幽玄体"之说，注重"余情"（诗的想象和联想的空间）以及创作技巧，追求浪漫、

梦幻倾向的"妖艳美"，并提出取用、化用古典和歌之句成为自己新歌的"本歌取"创作手法。被尊为中世纪和歌之祖，开创了一个与《万叶集》写实主义歌风迥异的唯美、带有象征色彩的艺术世界。《千载和歌集》以降，各敕撰和歌集共选入其歌作467首，是二十一代敕撰和歌集里歌作入选最多的歌人。有私家集《拾遗愚草》及续编《拾遗愚草员外》。另编有一部著名的和歌选本《小仓百人一首》。

311 春宵苦短，

梦的浮桥猝断——

横云如衣带，

晨空中，飘然

告别巫山峰

☆春の夜の夢の浮橋とだえして峰にわかるる
横雲の空

译者说：此诗收于《新古今和歌集》第一卷"恋
歌"，是藤原定家三十七岁时（1198 年）之作。
"夢の浮橋"为《源氏物语》第五十四帖（最
终卷）之帖名。此诗唯美、梦幻，融紫式部笔
下意象与宋玉《高唐赋》巫山神女之故事于其
中，缥缈、朦胧，诚其"妖艳体"代表作。日
文原诗中并未出现"巫山"一词，此处中译是
译者现学现用定家"本歌取"手法改造的。

312 春天君临，天宫

众星各在其位，

各显光芒——

天女们沿天阶而立，

熠熠生辉……

☆春くればほしのくらゐに影見えて雲井のは
しにいづるたをやめ

译者说：此首短歌为 1193 年元旦，宫廷歌会
中以"元日宴"为题竞咏，三十二岁的藤原定
家所写之作。一反历来在新年伊始宫廷盛宴上，
制式地以富丽堂皇的宫殿或长青之松等吉祥意
象应景歌颂，他出奇制胜，以"天宫"比地上
皇宫，以群星比群臣，以天女比宫女，比喻新
鲜，甚富妖艳之美。今日看来颇有欧洲宫廷盛
宴的华丽感，但一定让当时歌人觉得困惑、惊
讶。日文原诗中"雲井"一词，兼有天宫、天空，
以及皇宫、宫廷之意。

313   一夜温存后，你也许

正在归途上仰头

看它：我彻夜待君

等到的只是

这天亮后的残月

☆帰るさのものとや人のながむらん待つ夜ながらの有明の月

译者说：此首短歌收于《新古今和歌集》第十三卷"恋歌"，是藤原定家以女子口吻所咏之作。此诗写于 1187 年，藤原定家二十六岁时。

314   极目望去

无花

亦无红叶——

岸边唯一茅屋

秋日夕暮

☆見渡せば花も紅葉もなかりけり浦の苫屋の秋の夕暮

译者说：此诗为《新古今和歌集》中写"秋之夕暮"，被后世称为"三夕"的三首名作之一。另外两首见本书 282 首、296 首。藤原定家的父亲藤原俊成倡导和歌的"幽玄"美，藤原定家此首短歌不见花红、叶红之美景，不见辉煌之金壁，将"幽玄"伸而为"侘び"（wabi：枯寂）、"寂び"（sabi：幽寂）之味。

315　独眠的山鸟

下垂的长尾上，一层

白霜闪闪——啊

那是射在

床上的月光吗？

☆ひとりぬる山鳥の尾のしだり尾に霜おきま
よふ床の月影

译者说：此诗收于《新古今和歌集》第五卷"秋
歌"，展现了藤原定家所倡"本歌取"的技法。
所取用、化用的"本歌"为《万叶集》歌人柿
本人麻吕之作（见本书第 23 首）。此歌中出现
的霜、月、床，亦让人想及李白的《静夜思》（床
前明月光，疑是地上霜），以及白居易《燕子楼》
（满窗明月满帘霜，被冷灯残拂卧床。燕子楼
中霜月夜，秋来只为一人长）等诗作。

316　冬来此村

霜犹

轻——

嫩叶恍似

春姿色……

☆この里は冬おく霜のかろければ草の若葉ぞ
春の色なる

译者说：藤原定家不仅取用古典和歌，还化用
中国古诗。这首家集《拾遗愚草员外》里的短
歌，意念、意象即袭自白居易的《早冬》(十月
江南天气好，可怜冬景似春华。霜轻未杀萋萋
草，日暖初干漠漠沙……)。

317 暮色中松帆浦

风平浪静，久候的

那人未至——如

海人烧海藻煮盐

我身恋火灼烧……

☆来ぬ人を松帆の浦の夕なぎに焼くや藻塩の
身もこがれつつ

译者说：藤原定家此首收入《新敕撰和歌集》
里的恋歌，也被他选进他所编的《小仓百人一
首》中。松帆浦，在淡路岛北端，为《万叶集》
以来著名歌枕。诗中提到的烧"藻盐"，乃往
昔焚烧海藻，加入海水，置于器皿炖煮之制盐
法。此诗或可视为定家对被他选入《小仓百人
一首》中式子内亲王歌作（本书第310首）的
答复——"我也是恋火焚身，苦待与你遇合而
未能，痛不欲生啊……"

良宽（8首）

良宽（Ryokan，1758—1831），日本江户时代后期歌人、俳人、汉诗作者、书法家、曹洞宗僧侣。号大愚，俗名山本荣藏，越后国（今新潟县）出云崎人。十一岁入私塾，习汉学。十八岁在光照寺从习禅学。二十二岁削发出家，在玉岛圆通寺随国仙和尚修行，1790年国仙和尚圆寂后，良宽开始云游日本各地，1795年回到故乡越后，以出云崎为中心行乞。1804年、四十七岁左右，定居长冈国上山五合庵，续于邻近村里托钵乞讨，与村童玩手毬、唱歌同乐。1816年左右，移居山下乙字神社境内草庵。1817年，巡游江户与东北各地。1826年，体衰无法独立生活，寄居岛崎村木村元右卫门家中之庵室。同年，贞心尼（时二十九岁）求见，后成为其得意门徒。1830年秋，罹疫痢，于翌年（1831）一月圆寂，享年七十四岁。良宽一生，生活简朴，崇尚自然，以一钵行乞，研米、洗面、洗手洗脚，洒脱自在，不改其乐。好《万叶集》与寒山诗，深受其影响。

318   我乞讨的钵里

　　　紫罗兰和蒲公英

　　　混杂在一起——

　　　这些是我献给

　　　三世诸佛之礼!

　　　☆鉢の子に菫たんぽぽこきまぜて三世の仏に
　　　たてまつりてむ

　　　译者说：三世，指过去、现在、未来。良宽一
　　　生安贫乐道，持钵乞食，忘情自然。底下这首
　　　短歌，也同样很可爱——

319   在路边采

　　　紫罗兰，忘情地

　　　忘了将钵

　　　带走——我

　　　可怜的小钵啊

　　　☆春の野に菫つみつつ鉢の子を忘れてぞ来し
　　　あはれ鉢の子

320 山阴的岩间

苔清水

潺潺流下，仿佛

滴落在我心，

越来越清明……

☆山かげの岩間をつたふ苔水のかすかにわれ
はすみわたるかも

译者说：十二世纪著名歌人西行法师草庵遗址
附近有清水汩汩滴落岩间，有"苔清水"之名。
一如底下这首短歌，山泉松风之音、之韵，让
良宽的心更宽、更良、更清凉——

321 村子里

笛子与太鼓

乐声喧闹——

在此深山，入耳

唯松林之音

☆里べには笛や太鼓の音すなり深山はさはに
松の音して

322 风清，月明，

我们一起

尽情跳舞吧，

让老年的余波、

余韵永荡……

☆風は清し月はさやけしいざともに踊り明か
さむ老いのなごりに

译者说：此诗有题"在七月十五之夜"，所咏
乃盂兰盆节夜晚大家聚在一起舞踊（"盆踊"）
之景。

323　你也试看看

来拍手毯：

一二三四五六七八

九十，拍到十，

再重新开始……

☆つきて見よ一二三四五六七八九十を十とお
さめてまた始まるを

译者说：贞心尼（1798—1872）是良宽晚年的
爱徒与精神恋人。据传貌极美，为武士之女，
十七岁结婚，五年后夫死，于二十三岁时出家。
她于良宽死后编有歌集《莲之露》（はちすの
露），收录其与良宽间往来诗歌／恋歌。此处
这首短歌即为列于歌集之首的两人间的"相
闻歌"。贞心尼于1826年二十九岁时，初访
六十九岁的良宽。1827年4月，贞心尼再访良宽，
良宽出门未在，贞心尼留下一首以良宽喜玩之
"手毯"为题材的短歌，请求良宽收其为徒——
"与村童天真／玩手毯，你／开开心心游于佛
之／道上，无穷／无尽不知疲倦……"（これ
ぞこの仏の道に遊びつつつくやつきせぬ御の
りなるらむ）。6月间良宽返回后，乃回以此
独特、绝妙，让数字一到十全部入列的同意贞
心尼入门诗。手毯，又称手鞠球，用手拍着玩
的线球，是日本传统玩具。后面是两人另一组
"相闻歌"，前为贞心尼所写得见良宽，喜不自
胜之诗，后面（第324首）为良宽之回复——

亲眼见君——

果真是君乎？

此心狂喜，

犹疑

在梦中！

☆君にかくあい見ることのうれしさもまださ
めやらぬ夢かとぞおもふ（貞心尼）

324　此世本如梦，

我们在梦中

谈梦，啊

真朦胧——

须梦就梦吧！

☆ゆめの世にかつまどろみて夢をまたかたる
も夢もそれがまにまに

325　我有什么遗物

留给你们？——

春花，山中

杜鹃鸟鸣，

秋日红叶……

☆形見とて何か残さむ春は花山ほととぎす秋
はもみぢ葉

译者说：此为良宽辞世之歌。良宽晚年卧病在床，
颇受痔痛、下痢之苦。周围之人见其可能不久人
世，问有何东西留予大家。他说他所居斗室无
任何长物，乃咏此歌以报。1968年诺贝尔文学
奖得主川端康成在其受奖演说辞中曾引用良宽
此诗。良宽的诗如其人，任真、洒脱，极富禅味，
所写俳句、短歌、汉诗皆是。附译两首俳句于
此为证，第二首据传为其死前所作——"小偷
忘了带走的——／我窗前的／明月"（ぬす人
に取り残されし窓の月）；"落樱，／残樱，／
皆落樱……"（散る桜残る桜も散る桜）。最后
附译一首网络上流传极广，让西方人惊艳异常
的良宽的诗作——应该为短歌——

野牡丹，

花开

正灿烂：太宝贵了，

不忍摘；太宝贵了，

不得不摘……

大隈言道（6首）

　　大隈言道（Okuma Kotomichi，1798—1868），江户时代后期歌人。生于筑前国福冈药院町（在今福冈市）之富裕商家，本姓清原。父亲早逝，由他继承家业。三十九岁（1836 年）时将家业交由其弟照料，迁居乡间，专注于和歌写作，又从儒学家广濑淡窗习汉学。1843 年，妻子过世。随后几年诗名渐盛，弟子日增。1857 年六十岁时，从福冈搬往难波（在今大阪市）居住。晚年中风，归居福冈养病。1868 年七十一岁时去世。他创作丰硕，据传一生所写短歌逾十万首，有歌集《草径集》《甲辰集》《续草径集》《大隈言道家集》等，去世后三十一年，1899 年时，被歌人、国学家佐佐木信纲无意中发现其作，惊叹其歌风之新鲜，方广为世人所知。佐佐木信纲称他"构想洒脱轻妙，观察细微，崭新奇拔，自由鲜活，开古往今来歌人未曾有之境。总括而言，印象鲜明，生趣泼剌"。他取材新奇、发想警拔，与和他同年去世的另一位歌人橘曙览一样，自由、清新地运用日常用语写作短歌，同为近代日本短歌革新运动的先驱。

风车

326　酣睡于

我妻背上，孩子

无知觉的手里

握着的纸风车，

依旧回转着……

☆妹が背にねぶる童のうつつなき手にさへめ
ぐる風車かな

译者说：此诗描写诗人看着妻子背着自己的小
孩，已入梦乡的孩子犹握着旋转的纸风车……
画面鲜明而动人，爱意满溢，是大隈言道最有
名的短歌。

俎板

327　无数条鱼的

生命——每一条

都被菜刀

活生生记录在

砧板上

☆かずしらぬ魚の命は板の上の刀の跡にしる
しぬるかな

大路

328　让我们

沿着

大路走下

去吧：

马车，马车，牛车，牛……

☆引きつれて大路いづなり馬車また馬車牛
車牛

寝

329　当我躺下来

睡觉时，我觉得

我舒展、伸延的不只

是我的身体——

还有我的生命

☆今はとてうち寝る時は命さへわが身ととも
に伸ぶかとぞ思ふ

书

330　风檐展书——但你

忘了读，把它

遗忘在窗边，

等反复无常的风

三不五时过来翻它……

☆いつよりか開けながらの窓の書風ばかりこ
そもてあそびけれ

梅香

331　转头，四下

寻看何处花开，不见

任何花影——

梅花的香味

是内心的香味吗？

☆いづこにか咲けると見れど花もなしこころ
の香なる梅にやあるらむ

译者说：此首写梅的短歌是大隈言道将近六十
岁之作。他另有一首题为《梅风》的短歌，也
同样地迷人，附译于下——"风负责运送的，
我想，／只有花香——／但花瓣，也在／梅园中
／四处飘散……"（かばかりとおもいしかぜに
けさよりははなもまじりておくるうめぞの）。

橘曙览（12首）

橘曙览（Tachibana Akemi，1812—1868），江户时代后期歌人，日本国学研究者。生于今福井县福井市。他出身贵族之家，但清贫乐道，选择隐居生活。其短歌追随《万叶集》，以平易、亲切的文字歌咏日常生活，风格清新、自由。著有《志浓夫乃舍歌集》《藁屋咏草》等。十九世纪末文学怪杰正冈子规十分推崇他，称他为"《万叶集》以后仅有的四个歌人"之一。他最脍炙人口的作品，当属此处选译的由52首短歌组成的《独乐吟》，每首皆以"乐哉"（たのしみは）始，而以"时"（とき）结尾，诗想隽永，饶富情趣，让人想起明末清初金圣叹（1608—1661）那三十三则"不亦快哉"。

332 乐哉

草庵竹席上

独坐寸心宽

时

☆たのしみは草のいほりの筵敷きひとりここ
ろを静めをるとき

333 乐哉

倒睡火炉边

人推混不知

时

☆たのしみはすびつのもとにうち倒れゆすり
起すも知らで寝し時

334　乐哉

借来珍贵书

翻开第一页

时

☆たのしみは珍しき書人にかり始め一ひらひ
ろげたる時

335　乐哉

铺开纸落笔

挥毫如有神

时

☆たのしみは紙をひろげてとる筆の思ひの外
に能くかけし時

336　乐哉

　　苦吟逾百日

　　一朝浑然成

　　时

☆たのしみは百日ひねれど成らぬ歌のふとお
もしろく出きぬる時

337　乐哉

　　妻儿围炉坐

　　谈笑共茶饭

　　时

☆たのしみは妻子むつまじくうちつどひ頭な
らべて物をくふ時

338　乐哉

伯乐索拙作

重金酬笔墨

时

☆たのしみは物をかかせて善き價惜しみげも
なく人のくれし時

339　乐哉

春秋天暖日

漫步迎晴空

时

☆たのしみは空暖かにうち晴し春秋の日に出
でありく時

340 乐哉

昨日无影踪之花

今朝灿放入眼来

时

☆たのしみは朝おきいでて昨日まで無かりし
花の咲ける見る時

341 乐哉

翻读惊发现

书中人似我

时

☆たのしみはそゞろ読ゆく書の中に我とひと
しき人をみし時

342 乐哉

吹灰看火红

沸水声声响

时

☆たのしみは炭さしすてておきし火の紅くなりきて湯の煮る時

343 乐哉

恶客来又言

有事须先走

时

☆たのしみはいやなる人の来たりしが長くもをらでかへりけるとき

正冈子规（7首）

正冈子规（Masaoka Shiki，1867—1902），明治时代文学宗匠，俳句、短歌、小说、评论、随笔兼擅。本名常规，生于爱媛县松山。从小随汉学家的祖父习汉文，中学时即能写汉诗。1890 年（明治二十三年）入东京帝国大学，1892 年退学，进入日本新闻社工作。1895 年 4 月（甲午战争期间），以战地记者身份被派往辽东半岛，在归国船上咯血，后入医院、疗养院疗治。晚年因脊椎骨疽，长时间卧病在床，但仍创作不懈，有随笔集《墨汁一滴》《病床六尺》，日记《仰卧漫录》等，以及大量俳句、短歌。1902 年（明治三十五年）9 月 19 日，以三十五岁之龄去世。正冈子规是日本近代俳句与短歌的重要改革者，对日本现代诗歌的进展有巨大贡献。他的俳句、短歌一反传统写法，认为诗人应该因应时代所需，以简洁、当代的语言如实反映事物，让传统形式获得新生命。他推崇真挚质朴的《万叶集》，贬抑优雅柔和的《古今和歌集》，提倡基于万叶风的"写生"主义，和与谢野铁干领导的"明星派"浪漫主义相抗衡。

344　没有人为

死去的战士

收尸——

春日山路上

紫罗兰盛开

☆もののふの屍をさむる人もなし菫花さく春
の山陰

译者说：1894 年 8 月中日甲午战争爆发，1895
年 4 月正冈子规以战地记者身份从军，前往辽
东半岛采访，归国途中因肺病恶化吐血，从此
缠绵病榻，直至过世。此首短歌写于 1898 年
（明治三十一年），有题"金州城外所见"，为
追忆战争场景之作。金州城位于辽东半岛南端，
是旅顺港、大连湾的咽喉。

345　片片松叶上

结满银白

露珠：露珠

成形又溢落，

溢落又成形……

☆松の葉の葉毎に結ぶ白露の置きてはこぼれ
こぼれては置く

346　我庭

小草萌

绿芽，无限

天地

今将甦

☆我庭の小草萌えいでぬ限り無き天地今や甦
るらし

译者说：此首短歌写于1898年春，有题"病中"。
正冈子规晚年罹病，经常卧床，但对世间万物
的敏感与渴望依然未消。一草一天地，行动不
便的诗人依然从所见的一根草上，感受到即将
迸生的无限天地的活力。

347　春雨轻润着

二尺长

蔷薇新芽上

红色的

软刺……

☆くれなゐの二尺伸びたる薔薇の芽の針やはらかに春雨の降る

译者说：此首短歌为 1900 年 4 月之作，是其所写"庭前即景"10 首短歌之一。对于生命最后四年，肺结核外又罹患脊椎骨疽在东京根岸子规庵"病床六尺"内的诗人，室外的庭院是其仅有的外面的世界、袖珍版的大自然。而他依然敏锐地体察到四季的推移、草木的生意。此诗以精细的目光，特写发新芽的蔷薇，是其所畅以"写生"手法写作短歌的佳例。

348　插在瓶内的

紫藤，

花枝太短了——

无法垂落到

榻榻米

☆瓶にさす藤の花ぶさみじかければたたみの上にとどかざりけり

译者说：此首短歌写病床上看到的室内瓶花——卧床的诗人独特的"写生"视角，察看到了一般人的目光不会感受到的花枝"短"。

349　鸢尾花

在我眼前

开放——我

最后的春天

行将消逝……

☆いちはつの花咲きいでて我目には今年ばかりの春ゆかんとす

译者说：此首短歌写于1901年5月，久病的诗人悲伤地预感自己将不久于人世，再也看不到下一年的春天。实际上，当年的春天并非他最后的春天。来年春天过后，明治三十四年（1902）9月，诗人离开人间。下一首（第350首）短歌亦为正冈子规1901年5月之作，同样感人。

350　啊，告别

春神佐保姬

让我悲……

来春当无望

与其再逢

☆佐保神の別れかなしも来ん春にふたび逢はんわれならなくに

与谢野晶子（12 首）

与谢野晶子（Yosano Akiko，1878—1942），原名凤晶，明治至昭和时期的短歌与现代诗作者、社会改革者、女性主义先驱者。生于大阪附近的甲斐，自幼喜好古典文学，中学时接触现代文学，1900 年加入以与谢野铁干（1873—1935）为首的东京新诗社，成为"明星派"成员，之后离家到东京与铁干同居，并于翌年结婚。终其一生，与谢野晶子生育了十二名子女，写作逾二十本诗集，并且将《源氏物语》《和泉式部日记》等古典日本文学名著翻译成现代日文。她的第一本诗集《乱发》出版于 1901 年，收了 399 首受其与铁干爱情激发的短歌，崭新的风格与大胆热情的内容轰动了诗坛。这些短歌为传统和歌注入新的活力，其浪漫的光环始终为日本人民所敬爱。此处所译前 3 首短歌（第 351 至 353 首）即出于此。第 351 首短歌中，抽象、崇高的"不朽"一词，恰与具体、可

感的"乳房"形成强烈对比。与谢野晶子的密友山川登美子当初是她的情敌,她与晶子并称"明星"双秀,但最终晶子掳获了铁干。第354首短歌译自《小扇》(1904),第355至358首译自《舞姬》(1906),第359首短歌译自《常夏》(1908),第360、361首译自《佐保姬》(1909),最后一首译自其遗作集《白樱集》(1942)。

351 春光短暂，

什么东西能

不朽？我

让他的手触摸我

饱满的乳房

☆春みじかし何に不滅の命ぞとちからある乳
を手にさぐらせぬ

352 你说：

我们就山居

于此吧，

胭脂用尽时

桃花就开了

☆山ごもりかくてあれなのみをしへよ紅つく
るころ桃の花さかむ

353   你的心不在一夜共寝后

我们晨别时你诗中

写的那些梅花：

去年秋天，是她

——倚着这柱子

☆秋を人のよりし柱にとがめあり梅にことか
るきぬぎぬの歌

译者说：此首短歌中的"她"显指山川登美子，
"你"则为与谢野铁干。

354   夜里你抚摸

我发，听你说其

永远漂亮——足矣：

不必再借门外秋水

映照

☆夜になでてとこあたらしと聞くに足る髪は
うつすな戸の秋の水

355　今晚你未归：

我把这个家当作

寺庙一夜吧——

连根拔掉红梅，

丢弃！

☆君かへらぬこの家ひと夜に寺とせよ紅梅ど
もは根こじて放れ

356　春雨之晨：

如果你要

渡桥，请穿

金丝的雨衣

走过

☆春の雨橋をわたらむ朝ならば君は金糸の簑
して行けな

357　你的唇和

双手十细指

是归我统领的

花：所以我

吸吮

☆くちびると両手に十の細指はわれの領なる
花なれば吸ふ

358　请对我说：

"半身

着淡红色

薄纱衣，一起去

看月亮！"

☆半身にうすくれなゐの羅のころもまとひて
月見ると言へ

译者说：在此首短歌中，与谢野晶子要情人唤
她"半身 / 着淡红色 / 薄纱衣"一起去赏月，
另外半身穿的是"月光之衣"，或竟是同被赏
的坦露如月光之体?

359　薄绫罗帐中，

　　　制造紫色

　　　藤浪的

　　　你的衣服和

　　　我的发

　　　☆うすあやの帳の中に紫の藤浪つくるおん衣
　　　と髪と

360　快来啊，

　　　若有一秒怠慢，

　　　眼前男人嘴唇

　　　不是你的，

　　　我也会吸吮！

　　　☆早くこよ秒のたがひに君ならぬ唇も吸ふ男
　　　の前に

361 我不知道

有什么话

比这更好：

天地间

只爱你一人

☆天地に一人を恋ふと云ふよりもよろしきことばわれは知らなく

362 冬夜星光

闪耀：不只

一颗星——

满天星辰

都是君……

☆冬の夜の星君なりき一つをば云ふにはあらずことごとく皆

译者说：此诗为与谢野晶子悼念亡夫与谢野铁干之作，收于她去世之年出版的遗作集《白樱集》，感情真挚、饱满。

山川登美子（10首）

　　山川登美子（Yamakawa Tomiko，1879—1909），明治时期女歌人。出生于福井县，1900年加入与谢野铁干领导的东京新诗社，和与谢野晶子并称"明星"双秀。她和与谢野晶子是密友，也是情敌，但最终退出此三角恋，于1900年12月在父亲安排下返乡结婚，婚后与丈夫山川驻七郎定居东京。1902年，驻七郎因罹肺结核年底过世。二十三岁成为寡妇的登美子，于1904年进入日本女子大学英文科就读，和铁干旧情复燃，让与谢野晶子痛苦万分。登美子友人称她为"白百合"，称晶子为"白萩"。登美子的诗作虽亦流露出"明星派"奔放的浪漫情怀，但另具一种抑制之美。和增田雅子、与谢野晶子合出有诗歌集《恋衣》（1905）。1906年，登美子被诊断出罹患肺结核。为了在京都医院接受治疗，她搬去与姊姊同住。1908年底，获知父亲病重欲回家探望，因大雪封路，由仆人背着她回家。不堪长途劳累，抵家后即卧病在床。不久，父亲过世，登美子健康状况持续恶化。1909年4月病逝，享年三十岁。

363　我生而为

长发的少女，

一边低头膜拜

白百合，

一边想你

☆髪ながき少女とうまれしろ百合に額は伏せつつ君をこそ思へ

364　请看圣坛上

这年轻的

祭品，不久

我就要把烛火

增加到百支

☆聖壇にこのうらわかき犠を見よしばしは燭を百にもまさむ

365　有国王

用千金买

一根

于秋天掉落的

七尺碧蓝之发

☆ひとすぢを千金に買ふ王もあれ七尺みどり
秋のおち髪

译者说：以落发（おち髪）喻因爱而骚乱之心，
为古来常见的文学表现手法。七尺暗示恋之深，
碧蓝色（みどり）则强调发之艳丽。

366　这是我的

私房草莓——

给你吃吧，

颜色恰如我

唇上之红

☆手づくりのいちごよ君にふくませむわがさ
す紅の色に似たれば

367 苍白的月光下

我呼唤爱人之名，

百合在泉边

颤抖，露珠

垂落

☆薄月に君が名を呼ぶ清水かげ小百合ゆすれ
てしら露ちりぬ

译者说：此为山川登美子写给与谢野铁干的情
诗。她的情敌与谢野晶子读后有底下一诗回应：
"起码在梦中 / 我会成全她的心愿，/ 对着身
旁入睡的 / 爱人，我低诵她 / 百合滴露之诗"
（夢にせめてせめてと思ひその神に小百合の
露の歌ささやきぬ）。

368　把所有的红花

留给我的朋友：

不让她知道，

我哭着采撷

忘忧之花

☆それとなく紅き花みな友にゆずりそむきて
泣きて忘れ草つむ

译者说：1900 年 11 月 5 日，登美子和晶子拜访
铁干，随后三人一起到京都赏枫。他们在旅店过
夜，登美子告知即将出嫁之事，铁干和晶子极表
同情。当晚登美子和晶子共睡一床，写下此首短
歌，表明放弃铁干，祝福晶子与他。晶子后来回
以底下之诗——"请到你家溪边，/ 找一朵 / 能
忍受 / 若狭之雪的 / 红花!"（ひと花はみづから
溪にもとめきませ若狭の雪に堪へむ紅）。若狭
在今福井县西南部，为山川登美子故乡。

369　泪水溢出

我胸间

高筑之堤，

在其上迸出

爱之花……

☆溢れぬる涙せかむと築きたる胸の堤に恋の
花さく

370   加茂川边

独自哭泣，

有谁知颗颗

白石

是我泪……

☆加茂川のみぎはに泣けり誰れ知るやましろ
き石をわが涙とも

译者说：加茂川，即鸭川，流经京都之河川。
此诗为登美子卧病京都时所作。

371　如今我知道

海豹

在冰上

睡眠

之趣了！

☆おつとせい氷に眠るさいわひを我も今知る
おもしろきかな

译者说：此诗为登美子病情恶化，自觉死亡不
远时，绝望中所作之诗，奇妙地呈现出面对死
亡时，内心平静、觉醒的一瞬。登美子于1909
年4月去世。底下译的这首短歌发表于1906
年1月号《明星》杂志，或可视为她送给自己
的美丽的辞世之歌，温柔的"自度曲"——

372　愿来世再

生为

女人——

依然爱花

依然爱月……

☆をみなにてまたも来む世ぞ生れまし花もな
つかし月もなつかし

斋藤茂吉（7首）

斋藤茂吉（Saito Mokichi，1882—1953），明治至昭和时期的歌人、精神科医生。山形县人。本姓守谷。年少时即有神童之称，被在东京执精神科业的同乡医生斋藤纪一收为养子，1896年（明治二十九年）至东京读中学，1905年入东京帝国大学医学科，1906年拜歌人伊藤左千夫为师。1910年自东京帝国大学医学科毕业后，任职于东京巢鸭医院。1913年（大正二年）5月生母病逝，发表连作《母亲将离世》，9月出版处女歌集《赤光》，歌坛、文坛一片激赏。1914年4月，与斋藤纪一长女、十九岁的斋藤辉子结婚，成为斋藤家的"婿养子"（入赘婿）。1921年赴奥地利、德国研究精神病学，1924年获医学博士学位归国。1927年（昭和二年）接续其养父／岳父成为青山精神病医院院长，同时亦活跃于歌坛。1940年获帝国学士院奖，1951年获颁文化勋章。1953年2月，

以七十一岁之龄病逝于东京。他生前出版有十七本歌集，总共逾 14200 首短歌，另有评论集《柿本人麻吕》等。斋藤茂吉深受西方艺术与哲学思想影响，熔《万叶集》古风与西方现代精神于一炉，被许多人认为是日本近代短歌最杰出的作者。

373　把萤火虫

放进蚊帐里吧

暮色降临时

让它自动

为我们发光……

☆蚊帳のなかに放ちし蛍夕さればおのれ光り
て飛びそめにけり

译者说：此为被收录进日本教科书的斋藤茂吉
非常可爱的短歌。同样写萤火虫，底下译的这
首短歌，描绘夜间发光完了、早晨脑袋红红在
草叶上爬、在野外寿命一般不及一星期的萤火
虫，给人的感受就很不同了——

374　草叶上爬动的

早晨的萤火虫啊，

汝生短暂，我

生亦是——

先别让我死吧

☆草づたふ朝の蛍よみじかかるわれのいのち
を死なしむなゆめ

375　陪将离世的

母亲静静

睡觉，远处

田野的蛙鸣

响彻天际……

☆死に近き母に添寝のしんしんと遠田のかは
づ天に聞ゆる

译者说：此诗收于斋藤茂吉 1913 年 10 月出版
的第一本歌集《赤光》，为由 59 首短歌组成的
作品《母亲将离世》（死にたまふ母）中的一
首。1913 年 5 月，斋藤茂吉接获母亲危笃的消
息，急着从东京赶回在东北的家乡山形县。此
首为其中第 3 首，屋内静卧、将逝的母亲，与
户外田间"上达天听"的喧闹蛙鸣，形成一强
烈对比。蛙鸣是鲜活、粗野的生之音响，听在
为人子的诗人耳中也许有如哀鸣或庞大的安魂
曲。此组短歌屡被选入日本教科书，下页选译
的另外一首，写其搭火车急着赶回家探视母亲
的情景。诗人曾感叹自己是精神科医生，而非
能及早为母亲诊看的内科或外科医师——

赶着急急回

奥州家乡，看一眼，

深看一下，

母亲

在世的容颜

☆みちのくの母の命を一目見ん一目みんとぞ
ただに急げる

电信队水池

女子大学刑务所

射击场堑壕

赤羽铁桥

隅田川品川湾……

☆電信隊浄水池女子大学刑務所射撃場塹壕赤
羽の鉄橋隅田川品川湾

译者说：1929 年 11 月，日本朝日新闻社邀斋
藤茂吉、前田夕暮、土岐善麿、吉植庄亮四位歌
人搭乘飞机行吟，以"四歌人空中竞咏"为题
在报纸上刊出作品。斋藤茂吉为此新体验写下
了这首空前新颖，俯瞰地景、堆叠所历地点之
名而成的趣作。随飞机之起飞、前行，诗人的
目光由陆上逐渐移向外移，此诗最后"品川湾"
的出现，予人一种辽阔、舒放之感。用今日的
说法，非常"后现代"！

378　悲啊——把

　　散发白玉味道的

　　处女，留于

　　一重重天的

　　深处……

☆白玉のにほふ処女を天の原幾重の奥におく
ぞ悲しき

译者说：此首殆于 1936 年所写之短歌，并未
收入斋藤茂吉生前的歌集或死后出版的全集
里。此诗于斋藤茂吉死后多年方披露，是年
过半百的斋藤茂吉，写给当时秘密交往、小他
二十八岁的恋人永井房子（原名ふさ子，此为
暂译，1910—1993）的恋歌。昭和九年（1934）
9 月，五十二岁的斋藤茂吉在东京向岛百花园
举行的正冈子规 33 回忌（死后满 32 年忌）歌
会上，初遇时年二十四的美女永井房子。她是
爱媛县松山人，在当地担任医院院长的父亲是
正冈子规远亲及童年友伴。斋藤茂吉当时与妻
子因不和而处于分居状态。之后两个月，永井
房子两度参加斋藤茂吉与弟子们的聚会，成为
师徒而互生好感。昭和十一年（1936）1 月，
两人看电影、吃完饭后，在公园里初吻。这一
吻仿佛天雷勾动地火，引燃半老之斋藤茂吉炽
烈激情。枯木逢春的斋藤茂吉狂热、密集地写
情书给永井房子并附上短歌，措辞大胆、露骨，
如痴情少年。当年 11 月的一封信中他说——“房
子小姐啊！为何房子的女体如此美好，美得
让我口拙，无法形容！”三年间他写给她大约

一百五十封情书，且再三叮咛她阅后马上烧毁。因身份、地位，以及所参与的"紫杉派"（アララギ派）歌社高调标榜的精神至上主义，斋藤茂吉深怕不伦之恋曝光。永井房子最初依指示将信烧毁，后来于心不忍，遂有一百三十多封被保存下来。身为斋藤家赘婿的茂吉不愿离婚另娶永井房子。昭和十二年（1937）5月，永井房子在家人安排下与冈山一男士订婚，但随后她取消婚约，至年底时与斋藤茂吉间的恋曲亦画上休止符。斋藤茂吉1933至1939年间出版的歌集《白桃》《晓红》《寒云》中，似有某些短歌涉及此恋情。他给永井房子的最后一封信写于昭和二十年（1945）5月。昭和二十八年（1953）2月，斋藤茂吉去世，年七十一岁，是年永井房子四十三岁。昭和三十八年（1963），斋藤茂吉死后十年，永井房子在《小说中央公论》杂志上发表了八十几封斋藤茂吉的信。昭和五十六年（1981）11月，她出版《斋藤茂吉情书集》（《斋藤茂吉·爱の手纸によせて》）一书，披露了斋藤茂吉写给她的一百三十多封情书以及所附短歌（下页译的2首亦属之）。她于平成五年（1993）6月以八十三岁之龄去世，一生独身。在第379首短歌中，斋藤茂吉显然化用了中国人非常熟悉的"翻云覆雨"这四字成语，他略而未表的是——其后——化作一阵金雨射下……。附译的一首则是1936年时两人合作之歌，前半段为斋藤茂吉所写，后半段永井房子，斋藤茂吉信上说永井房子所写此句"在柿本人麻吕之上"——

379　激烈的爱

把我翻腾于夜半的

云上，

吸着

你的嘴

☆恋しさの激しき夜半は天雲をい飛びわたり
て口吸はましを

我们被

放出光芒的神

守护，一起

唉，

叹了一口气……

☆光放つ神に守られてもろともに／あはれひ
とつの息を息づく（斎藤茂吉／永井ふさ子）

前田夕暮（5首）

前田夕暮（Maeda Yugure，1883—1951），明治至昭和时期歌人。本名前田洋造，生于神奈川县富农之家。十七岁时（1899）自中学退学，浪游各地。1904 年来到东京，与若山牧水同时期拜歌人尾上柴舟为师，次年加入其创办的"车前草社"。车前草社力倡简朴、明晰的歌风，和与谢野铁干领导、歌风浪漫的"明星派"成员对立。1906 年，前田夕暮创立"白日社"，翌年发行《向日葵》杂志。1910 年 1 月出版处女歌集《收获》，清新的自然主义风格，使其与同年出版歌集《别离》的若山牧水成为当时歌坛双璧，开启所谓"夕暮、牧水时代"。1911 年创办《诗歌》杂志。此后陆续出版歌集《阴影》(1912)、《活力的日子》(1914)、《深林》(1916)。1924 年与北原白秋、古泉千樫、土岐善麿等合办歌志《日光》。1929 年 11 月，朝日新闻社邀他与斋藤茂吉、土岐善麿、吉植庄

亮等歌人同搭飞机行吟，崭新的体验撞击他改作口语、自由律短歌，出版了《水源地带》（1932）、《青樫歌唱》（1940）等自由律歌集。晚年又回复定型歌写作，于1951年4月病逝于东京自宅，享年六十九岁。一生所作短歌超过四万首。

380　春花灿开时，

我为花婿

君花嫁——啊，

四月花期

当不远了吧

☆木に花咲き君わが妻とならむ日の四月なか
なか遠くもあるかな

译者说：此诗写于 1909 年 12 月，前田夕暮
二十六岁之作，收于他 1910 年第一本歌集《收
获》。这是诗人给自己的祝婚前奏曲——来年
花开时节（1910 年 4 月）他将迎娶栢野繁子（笔
名狭山信乃）为妻，但现在仍是冬日，诗人迫
不急待地问："花好人双的四月，还有多远啊?"
英国诗人雪莱早为他写好了答案——"冬天来
了，春天还会远吗?"日语称新郎为"花婿"，
新娘为"花嫁"。

381 涂满金油，

高高摇摆着的

向日葵——

远方的艳阳

何其小啊

☆向日葵は金の油を身にあびてゆらりと高し
日のちひささよ

译者说：此首屡被日本中小学校教科书采用的
短歌收于前田夕暮 1914 年歌集《活力的日子》，
特写一株艳阳下金灿灿、热力四射的向日葵，
是这位自然主义歌人满溢印象主义画家色彩的
名作，让人想起凡·高笔下活力丰沛的向日葵。

382　飞快地

通过

大自然的

身体——

山、山、山

☆自然がずんずん体のなかを通過する—山、
山、山

译者说：此首短歌是 1929 年 11 月 28 日，前
田夕暮受日本朝日新闻社之邀，与斋藤茂吉、
土岐善麿、吉植庄亮同搭飞机后，在报上刊出
的"四歌人空中竞咏"作品之一。前田夕暮以
自由律写作此短歌，并在歌中加入了破折号、
顿号等"活字记号"（标点符号）。此诗收于前
田夕暮 1932 年歌集《水源地带》。陈黎 1995
年有一首 41 行的诗《岛屿飞行》，前面九行
是——"我听到他们齐声对我呼叫 / '珂珂尔
宝，赶快下来 / 你迟到了！' / 那些站着、坐
着、蹲着 / 差一点叫不出他们名字的 / 童年友
伴 / 他们在那里集合 / 聚合在我相机的窗口
里 / 如一张袖珍地图："，之后的三十二行则
罗列了台湾的 95 座山名（珂珂尔宝也是山名，
在台湾花莲县境内）。

383　冬来了，

我在体内

蓄积群树的

白光，在

夜里深眠

☆冬が来た白い樹樹の光を体のうちに蓄積し
ておいて夜深く眠る

*译者说：此诗收于 1940 年歌集《青樫歌唱》，
为前田夕暮自由律短歌杰作，将人与自然融为
一体，散透出一种隐约然而永恒的光与力。底
下这首他去世之年预感死亡将临的短歌亦如
是。甚动人——*

384　愿我死时的

面容，如飘落

雪上的春花

静静

散发香味……

☆雪の上に春の木の花散り匂ふすがしさにあ
らむわが死顔は

若山牧水（9首）

若山牧水（Wakayama Bokusui，1885—1928），明治至昭和前期的歌人。本名若山繁，九州宫崎县人，祖父、父亲都是医生。1904年（明治三十七年）入早稻田大学，在学时加入歌人尾上柴舟创办的"车前草社"。1908年（明治四十一年）7月自早稻田大学英文科毕业，并出版处女歌集《海之声》。1910年4月出版第三本歌集《别离》，以其自然主义倾向的清新歌风大受歌坛注目，与同属"车前草社"的前田夕暮并列为代表性的自然主义歌人，构成了明治四〇年代歌坛所谓的"夕暮、牧水时代"。同年创办歌志《创作》。1911年出版第四本歌集《路上》。1912年5月与歌人太田喜志子（若山喜志子）结婚，11月父亲去世，同年出版歌集《死或艺术》。若山牧水与小他一岁的石川啄木交往密切，虽然两人文学思想有异。1912年4月啄木病逝，若山牧水即帮忙料理其葬仪

之事。1913 年出版第六本歌集《水上》（みなかみ）。1920 年（大正九年），受自然美景所唤，迁居至静冈县沼津。1926 年创办诗歌杂志《诗歌时代》。1928 年（昭和三年）9 月，因急性胃肠炎并发肝硬化过世，享年四十三。生前出有十四本歌集，所作短歌超过八千首。若山牧水的短歌多以旅行、酒、爱为题材，是带着抒情风的自然主义歌人，每多使用口语，不时有"破格调"之作，与前田夕暮同为自由律新短歌运动的先驱。

385　要越过几多山河，

才能寻得

孤寂终于终结的

国度，为此

今日我继续上路

☆幾山河越えさりゆかば寂しさのはてなむ国
ぞ今日も旅ゆく

译者说：这首"几山河"是若山牧水 1907 年
作品，收于 1908 年处女歌集《海之声》中，
因被收录进日本教科书而广为人知，标志性地
彰显出他一生创作中"旅行"此一重要主题。

386　白鸥啊

你没有哀愁吗，

飘游于水波之上

不被海蓝

与天青所染

☆白鳥は哀しからずや空の青海のあをにも染
まずただよふ

译者说：此诗写作于 1907 年 10 月、11 月间，
亦收于歌集《海之声》，也是被选入日本教科

书的名作，意象简洁、语言纯净，意义却很丰富，让阅读者可以有不同诠释。若山牧水前两本歌集里的许多作品（包括此诗与"几山河"），后来又被他编选进 1910 年出版的歌集《别离》——此本歌集让他一跃而为歌坛的明星。若山牧水此阶段的创作，与园田小枝子这位女子关系密切。园田小枝子是激发他写作的缪思，也是让他既爱又苦恼的"致命女性"（femme fatale）。许多人觉得"几山河"中，诗人跋山涉水是为求能抵达不受现实干扰的与园田小枝子同在的爱的国度，而"白鸟"一诗中那只孤寂飘游、不被海天之蓝所染的白鸥，可能是诗人自己，也可能是诗人眼中绝美但无法真正接近、掌握的恋人园田小枝子。

　　1906 年暑假，早稻田大学在读的二十一岁的若山牧水，在神户偶遇长他一岁的美女园田小枝子，并且爱上了她。小枝子当时从所住的广岛县来神户须磨疗养肺结核病，她已为人妻且有两个孩子。她隐其情，未接受若山牧水之爱。后来她没有回广岛，于次年往东京，住在小她三岁、在东京求学的表弟赤坂庸三寄宿处。若山牧水如是重获机会接近小枝子，但她始终拒绝他的求爱。直到 1907 年末，小枝子答应若山牧水之邀，同赴千叶县房总半岛根本海岸旅行，至 1908 年一月前后十多天，方跨过界线得有肌肤之亲。相对于"根本海岸行"之前所写"白鸟"一诗中因爱无法落实而感悲哀的诗人，若山牧水此际身心的欢喜，鲜明地流露在后面第 387 首短歌中。然而，此种痴迷、狂喜的爱的假期并未持久。原来，为掩人耳目，他们的"根本海岸行"其实是表弟庸三也同行的三人行。很快，因为感觉庸三可能是与他竞争的"第三者"，若山牧水开始陷入不安、忌

275

妒、疑惧的情绪中，深怕会失去小枝子（所以，在后面第388、389首短歌里，我们看到他虽然憧憬海，却"怕它会将你吸走"，而让他销魂、狂喜的伊人的唇，也可能吐出"火红色的毒花"，要他的命）。在最幸福的时候，他在短歌里称她为妻。他屡次提出结婚之请而未果，现实的苦恼、复杂的三角关系促使他不断借酒浇愁。小枝子后来生下一个孩子，不久夭折，不确定父亲是谁。到了1910年，若山牧水终于决意脱离苦海，在4月出版了歌集《别离》，宣示告别此段持续四年多的苦恋，歌集中大半作品都是因小枝子而作。小枝子后来离了婚，再婚的对象是表弟庸三。

387　看那山啊，闪耀着

阳光，看那海啊

闪耀着阳光

让我吻你的唇吧

在闪耀的阳光下……

☆山を見よ山に日は照る海を見よ海に日は照
るいざ唇を君

译者说：此诗写于 1908 年春，和底下两首短
歌一样，在《海之声》与《别离》两本歌集中
都有收录。

388　你也跟我一样

哑口无言——

啊，不要看那海，

我怕它会

将你吸走……

☆ともすれば君口無しになりたまふ海な眺め
そ海にとられむ

389　是谁的唇——

　　比针眼还小,

　　灿开出一朵朵

　　火红色的

　　毒花?

☆針のみみそれよりちさき火の色の毒花咲く
は誰が唇ぞ

390　我静静地独饮

　　秋夜之酒——

　　仿佛见酒波

　　在你白玉般的

　　齿间闪烁……

☆白玉の歯にしみとほる秋の夜の酒は静かに
飲むべかりけり

译者说:此诗收于歌集《别离》,秋夜中静静独
饮的诗人似乎不是自得其乐、乐在酒意中,而是
若有所思,借酒浇愁。闪烁的酒波,让他仿佛看见,
如在眼前的,伊人白玉之齿。此诗让人想到爱尔
兰大诗人叶芝(W.B. Yeats,1865—1939)写于1910
年的小诗《酒歌》(A Drinking Song)——"酒从
唇间进, /爱从眼波起; /吾人老死前, /唯知此
真理。/我举杯就唇, /我看你,我叹息。"叶芝
二十四岁时遇到才色双绝的爱尔兰女伶茉德·冈,
为其倾心不已,数度求婚被拒,终其一生对其念
念不忘。五十五岁的叶芝举杯注视、如在眼前者,
莫非是令其痴迷又受苦的"致命女性"?

391 秋花在我

身旁

低语："一切

消亡之物

多么令人怀念……"

☆かたわらで秋草の花かたるらくほろびしものはなつかしきかな

译者说：此诗收于 1911 年出版的歌集《路上》，是 1910 年 9 月若山牧水随友人访小诸城遗迹，在怀古园内散步时所写。"消亡之物"中，逝去的恋情恐怕是其中最大宗者。

392 海底栖居着

没有眼睛的

鱼——啊，

多想成为

没有眼睛的鱼！

☆海底に眼のなき魚の棲むといふ眼の無き魚の戀しかりけり

译者说：虽然若山牧水以 1910 年歌集《别离》宣告抽离昔日恋情，但《别离》之后，在 1911 年 9 月出版、收录 500 首短歌的新歌集《路上》中，我们依然看到无法彻底断绝初恋之苦的诗人锥心之作。这首歌集《路上》的卷头歌即是显例。诗人但愿能成为"没有眼睛的鱼"，不必面对现实的痛苦。但现实的苦恼岂止从眼睛入侵，还从嗅觉、幻觉呢！

393　让人苦恼的

　　　气息，从

　　　我寂寞深处

　　　摆动着鳍

　　　游过来……

☆なやましき匂ひなりけりわがさびしさの深
きかげより鰭ふりて来る

译者说：在此首 1913 年 9 月出版的第六本歌
集《水上》里的诗中，我们发现情断三秋后的
若山牧水，依然为爱的记忆所苦——那同样如
"没有眼睛的鱼"般从寂寞深处游过来的气息，
如果像鱼腥或其他恶臭让人厌恶、憎恨也就罢
了，怕的是这不请自来的气息，居然神似女体
的气味。

石川啄木（20 首）

石川啄木（Ishikawa Takuboku，1886—1912），生于岩手县，原名石川一，别号白苹，英才早逝的杰出诗人、小说家和评论家。他出身清贫，生活艰苦，但天资聪敏，在学时有"神童"之称。曾任小学代课教师、新闻记者、报社校对。1908 年移居东京。受"明星派"领袖与谢野铁干赏识，二十岁（1905）时出版浪漫诗集《憧憬》，后转向自然主义、写实主义，于 1911 年出版第一本重要诗集《一握砂》，收短歌 551 首。这些短歌皆写作于东京，最初以一行写作发表，但结集出版时改为三行。1911 年受明治政府迫害，思想开始转变，以社会主义者立场关心政治，批判现实。1912 年 4 月，在妻子与父亲看护下，因肺结核病逝于东京，得年二十七岁；6 月，诗集《叫子和口哨》、短歌集《可悲的玩具》于死后出版。石川啄木打破日本古典短歌一行诗的陈规，以口语化、散

文化的书写方式呈现大、小生活场景／心景，作风新颖。归化日籍的著名美裔日本文化、文学研究者唐纳德·基恩（Donald Keene）撰有石川啄木传记，称其为"首位现代日本人"（The First Modern Japanese）。此处所译短歌，第 394 至 409 首出自《一握砂》，第 410、411 首出自《可悲的玩具》。

394　开玩笑地背起母亲

还没走三步，我哭了

她居然那么轻⋯⋯

☆たはむれに母を背負いて／そのあまり軽き
に泣きて／三歩あゆまず

395　在东海小岛的白色沙滩上

我一边流泪

一边逗弄着螃蟹

☆東海の小島の磯の白砂に／われ泣きぬれ
て／蟹とたはむる

396 想独自一人面对大海

哭个七八天

我离家到此

☆大海にむかひて一人／七八日／泣きなむと
すと家を出でにき

397 在砂上写下一百多个

“大”字

而后回家，抛开一切死念

☆大といふ字を百あまり／砂に書き／死ぬこ
とをやめて帰り来れり

译者说：石川啄木歌集《一握砂》里，砂子的
意象不断出现。在后面第398首短歌中，可见
其何以“一握砂”为书名。

398 无生命的砂子的悲哀啊

沙沙沙沙

自你紧握的指间漏下

☆いのちなき砂のかなしさよ／さらさらと／
握れば指のあひだより落つ

399 把热热的脸颊埋进

柔软的积雪里：

我想尝一下这种恋爱

☆やはらかに積れる雪に／熱てる頬を埋むる
ごとき／恋してみたし

400 视死如

随身备用之药

心痛绝望时

☆死ぬことを／持薬をのむがごとくにも我は
おもへり／心いためば

译者说：石川啄木诗中不时闪现生之寂寞感与
对死之敏感。底下第 401 首短歌是另一例——

401 青空中消逝之烟

寂寞地消逝之烟

岂不似我？

☆青空に消えゆく煙／さびしくも消えゆく
煙／われにし似るか

402　我劳动又

　　劳动，生活依然无法安乐

　　唯见两手空空

　　☆はたらけど／はたらけど猶わが生活楽にな
　　らざり／ぢつと手を見る

403　眼前朋友们似乎个个比我有成就

　　我去买了花

　　送我太太

　　☆友がみなわれよりえらく見ゆる日よ／花を
　　買ひ来て／妻としたしむ

404　可悲啊，人各有其家

各有其墓，日日

等他回去睡觉

☆人みなが家を持つてふかなしみよ／墓に入
るごとく／かへりて眠る

译者说：石川啄木在此诗里将"家"比作"坟
墓"，真是惊人又悲观、宿命之见。底下第405
首短歌认为每个人一出生就是一个囚犯，人人
心中都"卡"着一个发出呻吟的囚犯，也同样
很"卡夫卡"——

405　人啊，来一张

存在的写真：囚

　　——悲啊

☆人といふ人のこころに／一人づつ囚人がゐ
て／うめくかなしさ

406 说是悲哀也算是吧

我过早尝得

事物之味

☆かなしみといはばいふべき／物の味／我の
嘗めしはあまりに早かり

407 面对故乡的山

何须有言：

故乡的山让人感激

☆ふるさとの山に向ひて／言ふことなし／ふ
るさとの山はありがたきかな

408   这名叫小奴的女人的

柔软耳垂

真叫人难忘

☆小奴といひし女の／やはらかき／耳朶など
も忘れがたかり

译者说：小奴是石川啄木在北海道钏路结识的
一名艺伎。

409   长长长长的接吻后人始分开：

深夜的街道，

远远的情欲的大火……

☆やや長きキスを交して別れ来し／深夜の街
の／遠き火事かな

410   呼吸时，

我胸中响起的鸣响声，

比冬风还凄凉！

☆呼吸すれば／胸の中にて鳴る音あり／凩よりもさびしきその音

译者说：此诗殆为石川啄木罹患肺结核，卧床养病时所作。

411   神游九霄外的丈夫的心！

大声骂着、哭着的妻儿的心！

早晨的餐桌！

☆旅を思ふ夫の心！／叱り、泣く、妻子の心！／朝の食卓！

412 翻转平日高谈阔论的革命之语

为行动——

天已入秋

☆常日頃好みて言ひし革命の語をつつしみて秋に入れりけり

译者说：此首短歌是石川啄木在明治四十三年（1910）"九月九日夜"写成，为批判日本并吞韩国，对闭塞之时代现状表达不满之作。当晚他共写了39首短歌，其中34首以"九月之夜的不平"为题，发表于1910年10月号《创作》杂志上。有9首因为怕不能通过宪警审查，而未收入1911年出版的短歌集《一握砂》中。此首以及下面这首为9首中的两首——

413 入秋后

我更思如何对付

时代闭塞之现状

☆時代閉塞の現状をいかにせむ秋に入りてことにかく思ふかな

图书在版编目（CIP）数据

夕颜：日本短歌400 /（日）小野小町等著；
陈黎，张芬龄译 . -- 北京：北京联合出版公司，
2019.6（2019.8重印）
ISBN 978-7-5596-3102-2

Ⅰ . ①夕… Ⅱ . ①小… ②陈… ③张… Ⅲ .
①和歌—诗集—日本 Ⅳ . ① I313.2

中国版本图书馆 CIP 数据核字 (2019) 第 063298 号

夕颜：日本短歌400

作　　者：[日] 小野小町
　　　　　和泉式部等
译　　者：陈　黎　张芬龄
策 划 人：方雨辰
特约编辑：陈希颖　吴志东
责任编辑：郑晓斌　徐　樟
封面设计：尚燕平

北京联合出版公司出版
（北京市西城区德外大街83号楼9层　　100088）
北京联合天畅文化传播公司发行
山东临沂新华印刷物流集团有限责任公司印刷　　新华书店经销
字数153千字　　787毫米×1092毫米　　1/32　　9.5印张
2019年6月第1版　　2019年8月第2次印刷
ISBN 978-7-5596-3102-2
定价：58.00元